COLLECTION FOLIO

Franz-Olivier Giesbert

Un très grand amour

Gallimard

© *Éditions Gallimard, 2010.*

Franz-Olivier Giesbert est né en 1949, à Wilmington, dans le Delaware, aux États-Unis, d'un père américain et d'une mère française. Il arrive en France à l'âge de trois ans. Après avoir collaboré à la page littéraire de *Paris-Normandie*, il entre au *Nouvel Observateur* en 1971.

Successivement journaliste politique, grand reporter, correspondant à Washington, chef du service politique, il devient directeur de la rédaction de l'hebdomadaire à partir de 1985. En 1988, il est nommé directeur de la rédaction du *Figaro*. Depuis 2000, il est directeur du *Point*.

Il a publié plusieurs romans dont *L'affreux* (Grand Prix du roman de l'Académie française 1992), *La souille* (prix Interallié 1995), *Le sieur Dieu*, *L'immortel*, *Le huitième prophète*, *Le Lessiveur*, *Un très grand amour* et des biographies : *François Mitterrand ou La tentation de l'Histoire* (prix Aujourd'hui 1977), *Jacques Chirac* (1987), *Le Président* (1990), *François Mitterrand, une vie* (1996) et *La tragédie du Président* (2006).

à V.

« La vérité est un scandale. Toute vérité.
La preuve, on l'a clouée sur la croix. »

JULIEN GREEN

AVERTISSEMENT

Ceci est un roman et il ne faut pas le lire autrement. Tous les personnages de ce livre sont purement imaginaires, sauf l'amour, le cancer et moi-même.

1

Je suis déjà mort plusieurs fois. Ma vie ressemble à toutes les vies et, comme tout le monde, je l'ai passée à mourir. Le jour de ma naissance. À l'enterrement de mon père. Le soir où maman a rendu l'âme. Lors de mon premier divorce. L'après-midi où j'ai rencontré Isabella.

La vérité m'oblige à dire qu'Isabella m'a redonné vie, dans un premier temps. Elle m'a même rassasié de bonheur, jusqu'à ce qu'elle me tue sans préambule, un dimanche de printemps, pour ne laisser de moi que le type qui va maintenant remuer ses souvenirs devant vous avant de retourner dans son cercueil.

Je m'appelle Antoine Bradsock. Si mon nom ne vous dit rien, vous m'avez sûrement vu, tard, le soir, à la télévision. Un guignol avec un air égaré et un regard torve à cause d'un œil qui envoie l'autre paître. Au temps de ma gloire, je présentais chaque jeudi une émission littéraire sur une chaîne publique, case où je suis revenu quelque temps au terme d'une éclipse de plusieurs années.

J'avais trouvé ce travail après avoir quitté la direction de la rédaction d'un grand quotidien pour mésentente prolongée avec mon nouveau patron, un affairiste qui se prenait pour un homme de presse. Comme il était malin, il avait tout compris, sauf que les journaux ont la maladie dès lors qu'ils sont couchés devant les pouvoirs politique, économique ou publicitaire. Je ne lui en ai pas voulu. D'abord, il était très sympathique. Ensuite, ayant occupé ce poste pendant douze ans, j'avais besoin de repos. Je pensais aussi me consacrer à mon « œuvre », pour parler comme un de mes collègues que la vanité n'a toujours pas étouffé, au point que je me demande si, finalement, elle ne lui donne pas des ailes. J'ai fini là où se recyclent tous les ratés : à la télévision.

À l'époque, j'avais beaucoup d'amis. Même si je n'étais célèbre que pour ma célébrité, tous me trouvaient du talent et je les croyais. Je me teignais les cheveux, me tartinais la figure de crème de beauté, détartrais régulièrement mes dents, fréquentais les salles de sport, recevais plus de trente messages par jour sur mon portable et au moins six fois plus de mails sur mon ordinateur. Je ne savais plus où donner de la tête. J'étais un type moderne.

Quand j'ai été viré de la télévision, à quarante-huit ans, pour cause de baisse d'audience, j'ai décidé de quitter la capitale et de changer de vie. En vérité, je n'avais pas le choix. Même si j'eus souvent, par la suite, des bouffées d'aigreur, presque toujours provoquées par les regards de commisération que l'on portait sur moi, je ne me sentais pas déclassé, d'autant que ma nouvelle femme était très riche. J'étais heureux de retrouver le soleil, les tomates et ma Provence natale.

Je préparais quand même mon retour à Paris. Mon fils aîné, un avocat trentenaire et prospère, m'avait dit un jour avec la cruauté des enfants qui estiment qu'on ne les a pas assez aimés :

« Tu es fini, papa.

— Détrompe-toi, Frédéric. Je n'ai pas encore arrêté de donner des coups de bélier dans les portes. Il y en a bien une qui, un jour, s'ouvrira. »

À Paris, tout le monde m'avait oublié mais je n'oubliais personne. J'appelais de temps en temps ceux qui voulaient bien me prendre au téléphone, pour me rappeler à leur souvenir.

Revenu à mon premier métier, j'enseignais la philosophie dans un lycée d'Avignon tout en écrivant deux ou trois livres par an, mais je n'en publiais qu'un seul pour ne pas saturer les librairies. Je donnais aussi de temps à autre des conférences sur mes sujets de prédilection, la religion et l'histoire.

Pour mes romans, en revanche, c'était le commencement de la fin. Mes lecteurs se lassaient, les éditeurs aussi.

Les romans sont des histoires vraies racontées par des menteurs. Mais je ne suis pas assez menteur. Je me force. Quand je me hasarde dans la galéjade ou la mystification, il me semble que ça sonne faux. Alors, j'ai décidé, dans ce livre, de rester au plus près des faits.

Certes, ma vie est un mensonge. J'allais dire une imposture mais ce serait forcer le trait. Je suis comme tout le monde, je me laisse porter par le personnage qui, depuis longtemps, m'habite. Dessous, mieux vaut ne pas gratter. Il n'y a que de la poussière, et un peu de poudre aux yeux. Il est temps de faire le ménage et je ne sais trop par quoi commencer.

Je suis dans la position de l'employée de maison qui, appuyée sur son manche à balai, contemple le cloaque qu'il va falloir nettoyer. Comme elle, je me sens un peu effrayé par le travail et la peine qui m'attendent.

Il suffit de regarder mon bureau pour comprendre mon état d'esprit. C'est un capharnaüm où l'on peut trouver des piles de livres, une tablette de chocolat entamée, divers journaux et magazines, trois cannettes de bière vides, deux tartines de pain rassis, un pot de miel sans couvercle avec une petite cuillère qui trempe dedans, ainsi que des classeurs bourrés de lettres d'amour et deux boîtes à chaussures où je garde des photos et des souvenirs de toutes sortes. Je passe des heures à fouiller ces rebuts, comme un paysan retourne la terre. J'appelle ça le musée de ma vie.

Je suis le gardien de ce musée pour quelques semaines encore, car, quand j'aurai terminé ce livre, ces rognures du passé finiront au fond d'un carton, dans le garage, sous des factures et des photocopies de déclarations fiscales. Après ma mort, mes héritiers les jetteront avec les vieux papiers. C'est ce qu'ils pourront faire de mieux.

Les récits de ce genre sont souvent l'œuvre du ressentiment, de la vanité ou de la déploration, mais je n'ai pour dessein que de raconter la vie et la mort d'un très grand amour, en rassemblant les images dispersées dans ma mémoire pour les graver à jamais dans le marbre d'un livre, leur tombeau.

Je n'ai pas l'intention d'entacher la réputation de personnes dont le premier des crimes aura été de croiser, un jour, mon chemin. Mais si tel était le cas, puisque j'ai décidé de tout dire, sachez que je l'ai fait sans haine. J'ai compris très tôt qu'il valait mieux passer sa vie à aimer plutôt qu'à détester. On se sent mieux, le soir, avant de se coucher. De surcroît, haïr fatigue. Je n'ai plus l'âge.

2

Je me souviens de cette journée avec précision. C'était un samedi. Le samedi 2 juillet ****. Il faisait très beau. J'étais venu donner une conférence sur les Vaudois au château de Lourmarin.

En venant d'Avignon, alors que je longeais les collines molles du Luberon, j'avais perpétré, bien involontairement, un massacre de papillons. Ils tombaient du ciel pour s'écraser sur mon pare-brise.

À Lourmarin, il pleuvait encore des papillons. Des tombereaux d'ailes dégringolaient, valdinguaient, puis s'élançaient vers l'azur, ivres de soleil et de bonheur, avant de ruisseler au fond de l'horizon pour revenir ensuite. Je crois qu'ils étaient perdus. À moins que le vent ne leur eût tourné la tête.

Quand j'arrivai à destination, mon pare-brise était couvert de sang de papillon, un jus blanchâtre qui formait, avec sa compote d'ailes et de thorax, une bouillie répugnante. Dès que je descendis de voiture, je nettoyai frénétiquement ma vitre, sans grand succès, quoique deux paquets de Kleenex y soient passés.

Les organisateurs avaient pensé à tout, sauf que j'étais dans une mauvaise passe. Sur le plan de la notoriété et de la production littéraire. Il n'y avait donc eu, pour ma conférence, ni retape ni réclame, et le public pouvait se compter sur les doigts de cinq mains. Des retraités, des curieux, quelques touristes, une anorexique et, à côté d'elle, une jeune fille aux cheveux d'or.

Avant les causeries, j'essaie toujours de mettre les rieurs de mon côté avec une formule que j'utilisai de nouveau ce jour-là : « Comme disait ma grand-mère, la meilleure façon de ne pas s'endormir pendant les conférences, c'est de les faire soi-même. »

Au diable la modestie, je n'ai jamais vu personne s'endormir pendant mes conférences sur les Vaudois, ma spécialité. Ce sont des hérétiques que les armées de François Ier et du pape Paul III ont décidé, en 1545, de faire disparaître de la surface de la terre. Ces malheureux n'avaient qu'un seul tort, ils n'allaient pas dans le sens de l'Histoire. Chrétiens mais non catholiques, ils refusaient la confession, le purgatoire et l'eucharistie. Ils n'aimaient pas la superstition, ni le mensonge ni, surtout, l'argent. Ils répandaient partout des paroles bibliques, du genre : « Alors, vous, les riches, pleurez à grand bruit sur les malheurs qui vous attendent ! Votre richesse est pourrie, vos vêtements rongés par les vers. Votre or et votre argent rouillent et leur rouille servira contre vous, elle dévorera votre chair comme le feu. »

Très vite, pendant ma conférence, je n'eus plus d'yeux que pour la jeune fille aux cheveux d'or qui se tenait mal, avec des manières de garçon, les jambes légèrement écartées, ses mocassins de daim clair négligemment posés sur le dossier du siège de devant. Elle était assise au troisième rang avec deux autres personnes. Sur ses lèvres errait le sourire un peu moqueur des gens de la famille, cousins éloignés ou pièces rapportées, qu'on n'a pas vus depuis longtemps et à qui on ne la fait pas. Je sus tout de suite que je la connaissais et qu'elle me connaissait.

C'était elle. Plus je la regardais, plus je comprenais que c'était elle.

Voilà ma tragédie : je suis un homme. Autrement dit, le seul animal de la Création qui a sa queue devant et ne cesse de courir après. Depuis longtemps, j'attendais la femme de ma vie. Je l'attendais partout. En pleine nature, quand je courais dans les forêts ou sur les plages. Dans les musées, les magasins, les cafés. Sur tous les continents où j'ai voyagé. À toute heure du jour et de la nuit. Il me semblait que j'allais tomber sur elle à chaque instant, qu'elle irait droit à moi, les bras ouverts, et me sauterait au cou pour m'embrasser.

J'étais sûr de l'avoir rencontrée dans une autre existence et je savais que je la reconnaîtrais. Je l'imaginais assez grande, les cheveux en désordre, le regard profond, les yeux légèrement bridés. Noire, brune, blonde ou jaune, qu'importait.

Je l'ai cherchée jusque dans le métro de Paris, à la station Châtelet où m'ont souvent mené mes pas. Je montais dans la rame quand je croyais l'avoir trouvée. Je m'asseyais en face d'elle, le cœur battant très fort, avant de redescendre, quelques stations plus loin, parce qu'elle ne m'avait pas parlé ni même regardé.

Parfois, je sortais du métro avec elle, mais, la chosette faite, j'étais toujours déçu. Sur son lit de souffrances, quelques semaines avant de mourir, maman m'avait mis en garde :

« Qu'est-ce que c'est bête, un homme.

— Je ne comprends pas.

— C'est bête, égoïste et pas fiable. Antoine, promets-moi de ne jamais te comporter comme un homme. »

Je me souviens que j'avais hoché la tête. Encore une promesse que je n'ai pas tenue. Je suis toujours resté à l'affût. Même quand j'étais heureux en ménage, ce qui fut souvent le cas, je continuais à rechercher le très grand amour, celui qui, selon Spinoza, constitue un « accroissement de nous-même ».

C'est exactement la sensation que j'éprouvais en observant la jeune fille aux cheveux d'or. Je m'accroissais. Je m'élevais aussi. Les mots continuaient leur ronde dans ma bouche, l'un poussant l'autre, et je débitais tranquillement l'histoire de l'hérésie vaudoise quand une autre voix murmura dans ma tête : « Je l'aime. » Elle monta, bientôt je ne m'entendais plus, je ne savais pas ce que je disais, je marchais en plein ciel.

Je terminai ma conférence en citant la devise des Vaudois, plus actuelle que jamais :

« *Lux lucet in tenebris.* »

Pour les nouvelles générations qui ne connaissent pas le latin, je traduisis :

« La lumière luit dans les ténèbres. »

Quand j'eus prononcé ces dernières paroles, j'étais dans un état de panique totale, le front et le cou dégoulinants de sueur, à l'idée que la jeune fille allait s'esquiver. Je lui aurais bien couru derrière, mais pour lui dire quoi, après l'avoir rattrapée ?

Je n'eus pas à me tourmenter davantage. Elle se dirigeait vers moi, un sourire aux lèvres et mon dernier roman à la main, pour le faire dédicacer.

3

Je mourais quand elle s'approcha de moi et que je crus sentir son souffle dans mes narines. Peu me chaut que je le sentisse réellement ou non. Je me remplis sur-le-champ de quelque chose qui me grisa, tandis que mon cœur se mettait à cogner contre les barreaux de sa cage.

La femme de ma vie était une blonde aux yeux marron. Enfin, plutôt châtain, avec des reflets d'or autour de son front bombé. Elle me regardait avec un sourire timide et malicieux, non dénué de tristesse. Elle me décortiquait, c'est le mot, tandis que mon cœur s'affolait de plus en plus. Il se noyait dans son sang.

Elle me tendit la main et se présenta :

« Isabella. »

Je hochai la tête. La sueur qui me mouillait la main m'empêcha de répondre. Je pensai qu'Isabella allait s'essuyer mais, non, elle préféra garder ma sueur sur sa paume. Bon présage.

« Pouvez-vous me dédicacer ce livre ? » demanda-t-elle avec un accent exquis, à peine perceptible.

C'était mon dernier roman, *Un amour en hiver*, dont j'avais vendu 1 674 exemplaires, moins encore que le précédent, *La nuit d'Oppède*, qui, d'après le dernier relevé des Éditions Gallimard, culminait à 1 867.

Il pleuvait sous ma chemise bleue, et je redoutais le moment où la sueur tracerait dessus ses rosaces sombres et répugnantes. Avant de signer le livre, je boutonnai ma veste pour les cacher, et, quand j'eus terminé ma dédicace, je m'essuyai la figure d'un revers de manche, mais sans succès. J'étais une sorte d'épanchement vivant. Une cascade d'angoisse.

« J'ai adoré ce livre, dit-elle.

— Merci.

— Vous parlez très bien de la Provence. »

Ce genre de compliment m'indisposait. Je détestais qu'on me cataloguât comme un écrivain régionaliste, ce que j'étais devenu peu à peu, sans m'en rendre compte, porté par mon amour de la nature et des paysages de Provence. Mais je pardonnai l'offense : je savais déjà que je lui pardonnerais toujours tout.

Je croyais reconnaître son accent :

« Vous êtes italienne ?

— Je suis de Bologne. »

Son sourire découvrit ses dents : sa canine droite supérieure, légèrement ébréchée, m'émut et m'enchanta. J'aimais cette écornure. Ce sont ces petits défauts qui exhaussent la beauté.

J'essuyai une grosse goutte de sueur qui perlait sur mon nez. Une autre suivit.

Je perdais mes eaux, ma dignité, mon autorité, ma réputation et devenais le fantôme risible de moi-même. Isabella eut un mouvement de recul. Je crus qu'elle avait peur mais, quand elle se mordit les lèvres, je compris qu'elle aussi était troublée.

J'eus une nouvelle montée de panique. Il ne fallait pas qu'elle reparte sans m'avoir donné son numéro de téléphone. Depuis l'enfance, je suis affecté par l'esprit d'escalier. Je ne trouve les reparties ou les bons mots que plusieurs heures après, quand ils ne peuvent servir à rien. N'ayant jamais été doué pour engager la conversation, j'essayai de lancer plusieurs sujets en même temps. La Provence. La littérature. Les vacances.

Rien de ce que je disais ne tombait à plat. Isabella rebondissait sur tout, soucieuse comme moi de ne pas rompre le fil. Notre parlage n'avait aucun intérêt mais nous bavardions avec passion. Souvent, sa voix tremblait et montait dans les aigus, ce qui semblait un signe d'excitation.

Quand je croisais ses yeux, je ne pouvais douter qu'elle m'aimait. Il y avait en elle un plein bon Dieu d'amour, d'absolu et de mélancolie, celle que l'on trouve dans les portraits de la Vierge à l'enfant, comme celui de Gerard

David, *Le repos pendant la fuite en Égypte,* exposé au musée du Prado. Isabella ne pouvait rien cacher. Elle était nue dans son regard.

Je ne saurais rapporter avec précision ce que nous nous sommes dit : pour autant que je me souvienne, nos échanges furent hachés, décousus, sous l'effet d'une terreur dont les causes étaient innombrables. Terreur de n'être pas à la hauteur, terreur que mes avances ne l'embarrassent, terreur qu'elle ne me plante là sans me laisser ses coordonnées.

Si l'on peut mesurer l'amour au degré de peur qu'il engendre, celui-là était le plus grand que j'aie jamais connu. J'avais déjà éprouvé cet état de panique : jambes en coton, bouche sèche, palpitations en rafale, léger vertige et rivières de transpiration. Mais là, tout était décuplé.

Soudain, je lui dis tout à trac, sur un ton décidé mais en baissant les yeux, car je mens très mal :

« J'avais prévu de dîner dans le coin, dans un restaurant où le patron fait des pizzas à tomber par terre. Voulez-vous vous joindre à moi ?

— Oui, mais je suis avec ma sœur, Francesca.

— Qu'elle vienne. »

Elle fit un signe à la jeune fille maigre et coiffée très court, en short et tee-shirt, qui était assise à côté d'elle pendant la conférence.

Francesca se tenait loin de nous, dans le jardin : elle répondit par un hochement de la tête et continua sa conversation sur son portable, avec des grands gestes de sa main libre, avant de se diriger vers nous.

Les deux sœurs avaient une voiture, un vieux coupé, et je leur proposai de suivre la mienne jusqu'au restaurant, le Patio du Vallon, à Mérindol, à une dizaine de kilomètres de Lourmarin. J'ajoutai que si, « pour une raison ou une autre », nous nous perdions en route, il valait mieux que nous échangions nos numéros de portable. J'ai longtemps conservé le morceau de papier, un ticket de caisse au dos duquel Isabella nota le sien à l'encre bleue. Il me servait de marque-page. Je me suis rendu compte que je l'avais perdu des années plus tard, bien après qu'elle m'eut quitté.

4

Quand Isabella sortit de voiture à Mérindol, puis s'avança sous les tilleuls, une voix ne cessa de retentir en moi, qui me disait combien je voulais cette femme.

À la porte du restaurant, je laissai passer Francesca devant moi. Avec son cul plat et ses seins de poche, elle avait tout d'une garçonne et, bien qu'elle ne m'eût pas foudroyé comme sa sœur, elle ne manquait pas de charme. Il y avait de la gravité dans son regard, comme plein d'un lourd secret, et aussi beaucoup de vie dans sa manière d'être. Ce contraste ne me déplaisait pas.

Isabella était, elle, l'harmonie incarnée. Ses hanches ne manquaient de rien, avec leurs courbures généreuses. Cela tombait bien : ce que j'ai toujours préféré chez la femme, c'est le bassin. Avec l'épaule qui, en l'espèce, était galbée.

Quand nous fûmes assis à notre table, Isabella planta sur moi un regard transperçant :

« Heureuse de passer cette soirée avec vous.

— Moi aussi, Isabella. »

J'avais la gorge trop serrée pour trouver une meilleure réplique. De crainte d'avoir l'air bête plus longtemps, je commandai du vin et nous commençâmes à boire. Les deux sœurs avaient une bonne descente. Moi aussi, mais c'est normal : je me dis écrivain et j'essaie de me conformer à l'image que l'on s'en fait.

Le dîner fut joyeux. J'avais pourtant tendance à retomber sans cesse dans mes rêveries. J'en sortis quand, à la fin du dîner, Isabella m'annonça qu'elle allait sans doute s'installer à Lourmarin. Je ne doutais pas que c'était pour moi ni qu'elle me faisait ainsi, de manière détournée, une déclaration d'amour. Il fallut déchanter.

« Je ne veux pas rentrer à Bologne, reprit-elle. Après ce qu'on vient de vivre... »

Il y eut un silence et je demandai :

« Que s'est-il passé ?

— Papito, notre père, a été assassiné le mois dernier, par des salopards qu'il a surpris pendant qu'ils cambriolaient sa maison. Des ordures, des sadiques. Ils se sont acharnés sur lui. Je suis allée le voir à la morgue. Je n'aurais jamais dû. »

Elle baissa les yeux en se mordant les lèvres :

« En fait, Papito n'était pas notre père biologique qui est mort il y a longtemps. Mais c'est lui qui nous a élevées et appris la vie.

— Désolé, dis-je. Et votre mère ?

— Elle est morte.

— Non, elle n'est pas morte, corrigea Francesca.

— Elle est morte dans ma tête, dit Isabella. Dans la tienne aussi, d'ailleurs. Elle nous a quittés, notre père adoptif et nous, il y a plusieurs années. Pour un gigolo d'opérette. Quand il l'a abandonnée, après avoir dépensé tout son argent, elle est devenue un peu bizarre.

— Allez, folle, on peut le dire, précisa Francesca.

— Oui, folle. Elle a été placée dans une institution. »

Isabella avait beaucoup bu, mais sa voix grasseyante n'exprimait pas le moindre commencement d'hystérie. Elle savait se tenir.

Elle s'essuya les lèvres luisantes de pizza, ferma les yeux, comme si elle réfléchissait, puis annonça :

« Ma sœur rentre à Bologne après-demain. Elle a un petit ami là-bas. Il lui manque. Je vais me retrouver toute seule.

— Pourquoi avez-vous choisi de vivre à Lourmarin? demandai-je.

— À cause d'Albert Camus. Il est enterré ici, comme vous savez. C'était l'écrivain préféré de notre père adoptif.

— Le mien aussi.

— Il a toujours eu du succès. C'est pour ça que les intellectuels le détestent.

— Pas seulement, dis-je, la bouche pleine. Il était trop ouvert, trop tolérant, trop nuancé.

Des qualités qu'on a trop tendance à prendre pour de la bêtise.

— Nous sommes souvent venus en vacances ici. Chaque fois, on allait se recueillir sur sa tombe.

— Ah, oui ?

— Notre père adoptif était professeur à l'université. Un spécialiste d'Albert Camus. Il a écrit un livre sur lui.

— J'aurais aimé le connaître. »

J'avais honte : ma remarque était convenue.

« Il vous aurait plu », murmura Isabella.

Nous finîmes le dîner au limoncello. Deux verres par personne, sauf pour moi qui en bus quatre. Mais je ne crois pas que ce fut l'ivresse qui dictait mes mots quand je dis soudain, avant de payer l'addition, en regardant Isabella dans les yeux qu'elle baissa aussitôt, avec un petit air perdu de brebis devant le sacrificateur :

« Nous allons beaucoup nous voir, je pense.

— Oui, dit-elle d'une voix blanche.

— Moi aussi, j'ai prévu de m'installer dans le coin. Ici, à Mérindol, exactement. »

Je venais de l'inventer. Mon mensonge avait l'air naturel. De toute façon, elle avait tellement bu, j'aurais pu dire n'importe quoi, elle m'aurait cru.

J'ai suivi les deux sœurs en voiture jusqu'à leur maison de location, au pied d'une colline, avant de retourner chez moi, dans mon monastère d'Avignon.

5

J'habitais un monastère du XVᵉ siècle, qui appartenait à ma femme. Quand nous nous étions rencontrés, elle était mariée avec un ancien boucher en gros devenu, en trois décennies, un roi de la grande distribution. Il mourut deux jours après qu'elle eut engagé la procédure de divorce. Une aubaine : avec ses trois enfants, elle hérita automatiquement de sa fortune.

Elle avait mauvaise conscience. Pas moi. Cet homme avait vidé les villes et saccagé les campagnes françaises en y semant partout de hideux super ou hypermarchés qui vendaient la même merde formatée. Je hais les centres commerciaux.

En outre, c'était un personnage autoritaire qui, avec l'âge, avait tourné à l'acariâtre. Il ne supportait pas de vieillir, surtout depuis que son diabète avait diminué ses capacités sexuelles.

Je ne donnerai pas son nom. Je ne veux pas faire de publicité à son enseigne. Il me pesait de dormir dans ses draps, manger dans son service Marie-Antoinette, m'asseoir dans ses bergères Louis XV ou supporter son portrait dans plusieurs pièces du monastère où il avait vécu avec celle qui était devenue ma femme.

Depuis l'au-delà, il continuait de me narguer. J'avais l'impression que ses petits yeux, enfouis sous des poches de graisse, de verrat bien nourri me regardaient tout le temps, en particulier quand je faisais l'amour avec Anne-Élisabeth, ma femme actuelle.

Quarante-deux ans les séparaient : quand elle l'avait épousé, à vingt-trois ans, il venait de fêter son soixante-cinquième anniversaire. Entre elle et moi, il n'y avait que douze ans d'écart. La première fois que je l'avais vue, j'étais tombé amoureux d'elle, mais il était impossible de ne pas tomber amoureux d'Anne-Élisabeth. J'aimais tout chez elle avec une mention spéciale pour ses cils, longs et relevés. Sans parler de sa personnalité. Jamais en repos, elle correspondait bien à la définition d'André Breton : « La beauté sera convulsive ou ne sera pas. » La sienne était convulsive et effervescente.

Belle, cultivée, drôle, généreuse et courageuse, elle avait toutes les qualités. Elle était simplement trop riche. J'ai tout dit à ce sujet dans un roman, encore inédit, *Les indécences de la fortune.*

Je n'ai jamais connu le nombre de mètres carrés que nous occupions dans le centre d'Avignon, avec ses fils qui m'avaient tous les trois pris en grippe. Mais les yeux brillants de mes propres amis, leurs prévenances et leurs flatteries, donnaient une idée du niveau de sa fortune, la plus grosse de la région.

Deux fois par semaine, le mardi et le jeudi après-midi, elle donnait audience, dans son grand bureau lambrissé, à des quémandeurs de toutes sortes, la plupart venus lui demander d'investir dans des affaires qui, par définition, s'annonçaient juteuses avant, bien sûr, de se révéler désastreuses. Parmi eux, je reconnus un jour un ami que je mis aussitôt sur ma liste noire. Un avocat connu, spécialiste du mélange des genres.

Elle ne se laissait pas facilement arnaquer : elle était dotée d'un incroyable sens des gens et des situations, mais restait aveugle à mon sujet. Elle me prenait trop au sérieux, pour un grand artiste.

Ce soir-là, en rentrant, je pris soin de pousser doucement le portail qui avait tendance à grincer quand on le brusquait. Il aurait fallu que je dise à Rachid, notre homme à tout faire, d'huiler les gonds, mais j'oubliais toujours. Je l'ai oublié pendant les cinq ans que nous avons vécu ensemble, Anne-Élisabeth et moi, ce qui montre bien que je n'étais qu'un oiseau de passage.

Anne-Élisabeth avait le sommeil léger. J'avais une technique très particulière quand je rentrais tard. Je me déshabillais avant d'entrer dans la chambre et me glissais nu entre les draps conjugaux, sans réveiller ma femme, sauf une fois, cette fois-là.

J'étais couché depuis quelques minutes, dans un état proche de la somnolence, quand Anne-Élisabeth demanda, d'une voix plus aiguë que d'ordinaire :

« Où étais-tu passé ?

— Moi ?

— Oui, toi. À qui crois-tu que je parle ?

— J'ai essayé de te joindre pour te dire que j'étais retenu à dîner.

— Tu as essayé ? »

Elle avait insisté sur le dernier mot, avec un mélange d'ironie et de colère. Je ne me démontai pas :

« Oui, j'ai essayé. Il n'y avait pas de réseau. »

Ma voix sonnait faux, mais Anne-Élisabeth sembla avoir accepté mon explication : elle retint sa langue jusqu'au lendemain où, sans évoquer le sujet, elle porta sur moi, l'espace d'un instant, à la fin du déjeuner, au moment des cafés, le regard du patron qui constitue un dossier contre un de ses salariés. Non protégé, bien sûr.

Cette nuit-là, après que je me fus endormi, quelque chose d'étrange survint : le visage d'Isabella m'apparut plusieurs fois. Onze fois exactement. Que j'ouvre ou ferme les yeux, cela ne changeait rien. Il était toujours là, devant moi, avec ses fils dorés autour du front, au milieu des ténèbres. Elle ne me parlait pas. Elle souriait, un mince sourire douloureux.

J'avais des apparitions et, comme pour Thérèse d'Ávila, qui le rapporte dans sa *Vie écrite par elle-même*, la vision s'évanouissait dès que je cherchais à la détailler ou que je prétendais m'approcher. Comme la sainte carmélite, j'avais la sensation de ne plus habiter mon corps et d'être passé, au sens propre, hors de moi-même.

Je ne me demandais même pas si ce que je vivais était grotesque ou grandiose, encore que soit ténue, parfois, la frontière entre les deux. J'étais heureux dans ma nuit, seul avec moi-même, ravi au ciel.

6

« J'ai toujours eu vingt ans. Même quand j'en avais sept ou huit. Même aujourd'hui, où mes os me lâchent et où ma tête de mort commence à percer sous la peau molle de mon visage. J'ai toujours eu vingt ans parce que je n'ai jamais douté de moi, ni de mon avenir.

« On entre dans la vie avec l'âge qu'on s'est donné et on ne le quitte plus : dès lors, le temps s'arrête en nous. C'est pourquoi je hais les miroirs qui me ramènent, avec tant de vulgarité, à la vérité. Il y a plus de trente ans de décalage entre l'être qu'ils me renvoient et celui que je suis vraiment. »

Ce sont les deux premiers paragraphes de mon roman *Le jour d'après*, que j'ai commencé le lendemain de ma rencontre avec Isabella. Je me réveille toujours très tôt, entre 4 et 5 heures. Après avoir avalé deux bols de café au lait, trois tartines de pain intégral bio avec de la confiture de groseilles ou d'abricots, je m'assois à ma table de travail et j'écris. Je suis sûr que j'écrirai encore quand mes éditeurs ne me publieront plus.

J'écris parce que je suis maniaque et que je ne sais rien faire d'autre. En tout cas, ni aimer ni enseigner. Dans ces deux domaines, je peux faire illusion un moment, mais je ne tiens pas la distance. Je n'ai aucune patience.

À peine levé, je n'avais songé qu'à appeler Isabella. Quand j'entendis sonner 8 heures à l'église toute proche du monastère, le désir d'entendre sa voix me brûla. Mais que lui dire ? En quête d'inspiration, je décidai de manger de nouveau et retournai à la cuisine où Anne-Élisabeth prenait son petit déjeuner avec mes trois beaux-fils. Après les avoir embrassés, j'enfournai deux tartines que je recouvris cette fois de miel de lavande, puis un gros morceau de fromage pourri comme j'aime, en l'espèce de la tomme de brebis bien jaune avec des reflets orangés.

J'évitais toujours de prendre le petit déjeuner en compagnie des fils d'Anne-Élisabeth. Il était déjà assez dur de partager les autres repas avec eux. Dans une famille recomposée, le beau-père a rarement droit à la parole. Dès qu'il l'ouvre, les enfants l'interrompent ou couvrent sa voix pour capter l'attention de la mère qui, se sentant toujours coupable, est à leur merci. J'ai commencé un roman là-dessus, *Un homme invisible*, mais je ne crois pas que je le terminerai.

Mes beaux-fils me faisaient payer d'avoir enlevé, il y a longtemps déjà, Anne-Élisabeth à leur père qui ne l'aimait pas et dont le seul moteur avait été la haine. Contre ses concurrents, contre ses fournisseurs, contre ses salariés, puis contre son épouse qu'il ne parvenait plus vraiment à honorer. L'aîné, Jonathan, une grande gigue de dix-huit ans, me battait particulièrement froid, au point qu'il feignait de ne pas entendre mes questions quand il m'arrivait de lui en poser. Si j'insistais, il levait les yeux au ciel.

Il avait une âme de futur grand artiste. Il peignait de belles choses, écrivait des poèmes qui se tenaient et jouait divinement bien du violon. De la guitare électrique aussi. Je reconnais que je l'enviais d'avoir autant de dons. Trop pour réussir, avais-je dit un jour à sa mère. Propos stupide, mais j'ai toujours eu du mal à aimer les gens qui me détestent.

Il me provoquait souvent. Devant moi, par exemple, Jonathan adorait peloter sa mère, lui prendre la main, lui caresser la joue ou lui faire des câlins. Il attisait ma jalousie, même si je m'efforçais de n'en jamais rien laisser paraître.

Un jour, après qu'il fut allé trop loin, laissant un suçon sur le cou maternel, je fis observer à Anne-Élisabeth que sa conduite était malsaine.

« Il faut lui pardonner, me répondit-elle. Il a tellement souffert de ce qui est arrivé à son père.

— Quel rapport ?

— Tu es mal placé pour poser cette question. »

Autant dire que je ne recherchais pas la compagnie de Jonathan qui n'a jamais porté sur moi que des regards las et dédaigneux. Il faisait de la musculation et j'ai toujours eu pour règle de ne pas chercher d'histoires avec les balèzes. Je ne voulais pas aggraver mon cas ni accroître la culpabilité d'Anne-Élisabeth.

La bouche pleine, je retournai à ma table de travail où je ne parvenais toujours pas à éloigner Isabella de mon esprit. Plus je pensais à elle, moins il me semblait que c'était une bonne idée de l'appeler si tôt. Je risquais de passer pour un soupirant fébrile, ce que j'étais nonobstant, et de me mettre en position de faiblesse. Mieux valait attendre midi, et la laisser languir un peu si, par bonheur, elle partageait mes sentiments.

J'étais en train de consulter un dictionnaire du XVIIe siècle, un Furetière en très bon état, offert par Anne-Élisabeth, quelques mois plus tôt, pour mon anniversaire, quand je reçus un texto de Djamila :

« On se voit à 16 heures ? »

Je répondis aussitôt :

« Impossible. Je te rappelle un peu plus tard. »

Djamila était ma maîtresse. Une ancienne élève de terminale qui venait d'achever sa première année de philo, à l'université d'Aix-en-Provence. Tout juste majeure. Je m'étais réjoui qu'elle ait fêté ses dix-huit ans, deux mois plus tôt. Je ne courais plus aucun danger. Elle avait tout pour elle. La beauté, l'intelligence et l'énergie. Je m'en abreuvais et rajeunissais à vue d'œil. Il ne lui manquait que la réussite qu'elle trouverait un jour, je pouvais le lire dans son regard transperçant.

Depuis le début de l'été, nous nous retrouvions tous les après-midi, vers 16 heures, parfois un peu plus tard, dans le studio que me prêtait un ami enseignant qui, muté dans le Nord, n'en avait plus l'usage, mais le gardait pour les vacances et pour ses vieux jours. J'attendais ce moment toute la journée et nous allions au fait, sans préambule. Il y avait dans ces amours cachées quelque chose de pur et de très sale, tout à la fois, notamment à cause de l'odeur qui provenait des toilettes. Le plombier que je convoquai un jour fut incapable de la faire disparaître et je ne lésinais pas sur les produits aux noms affreux, avec des têtes de mort sur les étiquettes, que je jetais à chaque visite dans la cuvette. C'était comme si nous faisions l'amour dans une fosse d'aisances.

Nous avions fini par nous habituer à l'odeur. En revanche, je ne m'habituais pas aux traces de doigts maculant les murs et les portes, autour des poignées. Je les avais lessivées, avec une rage si stupide que la dernière couche de peinture — un blanc cassé — était partie, laissant la place à la précédente, un rose de mauvais goût. J'envisageais de tout repeindre, mais remettais toujours ça au lendemain. Je suis atteint de procrastination. Je diffère, je repousse, je retarde. Sauf pour les deux choses qui ont jamais compté dans ma vie : l'amour et mes livres.

Quand je sortais du studio, je sentais donc la merde et ces effluves me collaient au corps pendant plusieurs heures. Parfois, ils se manifestaient en pleine nuit où, au lieu de me soulever le cœur, ils me plongeaient dans des états seconds. J'aimais tout ce qui me rappelait ma femme de 16 heures, comme je la surnommais, sans qu'elle en ait jamais rien su.

Ce n'était donc pas sans déplaisir que j'envisageais de rompre avec Djamila, mais je savais que mon nouvel amour exclurait tous les autres. Je lui dis, par texto, que je devais travailler à un entretien qui aurait lieu le lendemain, à Paris, avec Julien Green pour le livre que j'allais lui consacrer. Une commande d'une petite maison d'édition catholique, dirigée par un homosexuel aussi drôle que cultivé, une sorte de libertin mystique. J'avais fait long, pour mieux convaincre.

Djamila était furieuse et me demanda dans sa réponse :

« Pourquoi ne me l'as-tu pas dit avant ?

— Je n'osais pas », répondis-je.

Je pensais qu'elle bouderait le reste de la journée, mais elle m'envoya un dernier texto, vingt minutes plus tard : une longue déclaration d'amour entrecoupée d'insultes et de considérations désagréables sur mon manque de caractère.

Je n'avais pas ajouté une ligne à mon nouveau roman ni commencé à me plonger dans ma documentation sur Julien Green quand, un peu après 11 heures, j'appelai Isabella.

« Je dois revenir après-demain à Lourmarin, dis-je. On pourrait peut-être se revoir… »

Elle me répondit d'une voix hésitante ou essoufflée :

« Venez quand vous voudrez. Ma sœur sera repartie en Italie et je n'ai pas de projet particulier.

— Connaissez-vous les gorges du Verdon ?
— Non.
— Je vous les ferai découvrir.
— Volontiers. »

Après cet échange téléphonique, je me sentis heureux comme je ne l'avais pas été depuis longtemps et cette espèce d'euphorie n'échappa pas à Anne-Élisabeth qui me dit, ce soir-là, alors que nous nous déshabillions avant de nous coucher :

« J'aime quand tu es comme ça, Antoine. Tu ne peux imaginer ma joie quand tu te sens bien avec moi. »

Et les baisers appelèrent le reste.

7

Le lendemain, je rendais donc ma sixième visite à Julien Green. Il habitait 9, rue Vaneau dans le 7e arrondissement de Paris un appartement dont les volets étaient souvent fermés pour empêcher le soleil d'abîmer les meubles familiaux rapportés du vieux Sud américain.

Bien avant que je le rencontre, il faisait partie de ma famille pour avoir écrit plusieurs livres qui m'accompagnaient depuis longtemps : *Jeunes années*, *Pamphlet contre les catholiques de France* ou *Frère François*. Grâce à lui, je me disais que la vie n'est pas « un accident dénué de sens ».

Il était l'auteur de phrases qui semblaient avoir été écrites pour moi, rien que pour moi. Je les connaissais par cœur et me les récitais souvent :

« Il n'y aurait pas assez de mots dans tous nos dictionnaires pour exprimer ce qui se passe en un jour dans l'esprit d'un homme. »

« La pensée vole et les mots vont à pied. Voilà le drame de l'écrivain. »

« Il me paraît certain que l'aboutissement normal de l'érotisme est l'assassinat. »

« Ressemblons-leur : c'est le moyen d'avoir la paix. »

« Ce que l'homme fait de l'argent dégoûte. Ce que l'argent fait de l'homme fait peur. »

« La tyrannie de l'inutilité est partout dans notre vie. »

D'autres phrases me reviennent, je pourrais en faire un livre, idée que je caresse depuis quelques années. J'ai déjà le titre : *Dictionnaire des citations greeniennes.*

Depuis que je fréquentais Julien Green, il était devenu plus qu'un père pour moi. Sans doute une mère aussi, à cause de sa douceur et de son indulgence. Encore que, malgré ses quatre-vingt-dix-sept ans, il aurait pu être aussi mon fils. Il avait la peau lisse comme un enfant et, surréaliste jusqu'à la moelle des os, cherchait toujours, comme les nouvelles générations, à voir au-delà du monde immédiat. Il disait, par exemple, qu'il écrivait ses livres pour savoir ce qu'il y avait dedans. Il prétendait aussi qu'il racontait ses histoires sous la dictée de ses personnages qui parlaient dans sa tête.

Ses prunelles brillaient toujours quand il évoquait les phénomènes surnaturels. Il aurait tôt fait de passer pour un vieux fou aux yeux des petits mufles du réalisme qui, aujourd'hui, dictent la loi. Ainsi, il n'évoquait ces choses-là que devant ses proches, et encore en baissant la voix, qu'il avait chantante, avec une mimique de conspirateur, jamais en public.

Si Julien Green était catholique, c'était parce qu'il aimait l'idée que l'Église tente de maintenir notre monde en enfance. Dans cet état d'innocence qui, après nos jeunes années, nous manquera toute notre vie. Il s'amusait à dire qu'il n'était pas assez intelligent ni même assez intellectuel pour être protestant et ne manquait jamais une occasion de célébrer, sans complexe aucun, Marie de Nazareth. Je l'ai entendu répéter des paroles comme celles-ci, que j'ai notées sur le coup, avec exactitude, dans mes carnets : « Tout ce qui m'est arrivé de bien sur cette terre l'a été grâce à une personne qui a toujours veillé sur moi, la Vierge Marie. »

Lors de ma dernière visite, il m'avait raconté avoir été réveillé, une nuit, par un fantôme qui s'assit sur une chaise, près de son lit. Julien ayant reconnu un vieil ami américain, il engagea la conversation et ils parlèrent du temps passé, jusqu'à ce que le fantôme s'évanouisse tout d'un coup, à cause d'un bruit, une lumière ou Dieu sait quoi.

Quelques jours plus tard, une lettre apprit à Julien la mort de cet ami.

Une autre fois, il sortit de la poche de son gilet un oignon qui avait appartenu jadis à Robert de Saint-Jean, une relation de jeunesse à qui il vouait cet amour platonique dont il avait le secret. « Quand j'ai récupéré cette montre après sa mort, me dit-il, elle ne marchait pas. Un jour, je l'ai mise dans cette poche, près de mon cœur, et le mécanisme est reparti tout seul. C'est une montre sentimentale. Très jalouse, de surcroît. Si je mets une paire de lunettes dans la poche, par exemple, elle s'arrête sur-le-champ. »

Comme moi, Julien était du genre à croire que les montres ont besoin d'être aimées pour que leur cœur continue de battre.

Il avait un grand regret qu'il m'avoua un jour, avec cette ironie pince-sans-rire qui ne le quittait jamais :

« Dire que je vais mourir sans avoir vu un sexe de femme. C'est beau, paraît-il.

— Très beau.

— Je crois qu'il est trop tard, maintenant. Il va falloir que je me fasse une raison. »

Il était né en 1900 et, comme on arrivait à la fin du siècle, je lui demandai, alors qu'il semblait en veine de confidences, ce qui l'avait le plus marqué. « C'est bête à dire, mais l'amour, répondit-il. L'amour est mon personnage principal. C'est le personnage principal de tout roman, dont celui de notre vie, ce roman que nous écrivons dans la nuit. »

Il observa un silence, pour ménager son effet, puis :

« Dommage que la sexualité vienne tout gâcher.

— C'est vrai, approuvai-je sans réfléchir.

— De plus, les hommes qui ne fréquentent pas les femmes ne sont jamais satisfaits. À peine la chose finie, il nous faut recommencer. Toujours pour le même ravissement affreux, comme si c'était la première fois.

— Je crains que ce ne soit pareil pour les hétérosexuels.

— Ah bon ? Pour vous aussi ? »

Quelque chose me disait qu'il se moquait, mais je n'en étais pas sûr.

« Pour ma part, reprit-il, il y a longtemps que j'ai arrêté. C'était il y a quarante ans, en 1958. Je rangeais des livres dans un placard et j'ai été saisi par un silence assourdissant, un silence qui me disait : "C'est maintenant ou jamais." Renoncer à la sexualité, vous n'imaginez pas ce que ça m'a coûté. Il m'a fallu au moins deux ans. Mais ça finissait par tourner au radotage, vous comprenez. On ne vaut plus rien quand on se laisse aller. On n'est plus qu'une idée fixe. »

C'est donc chez cette sorte d'homme que je me rendais, ce jour-là, après un voyage en train où j'avais passé mon temps à penser à Isabella. Un écrivain qui voyait des fantômes, croyait que les montres ont un cœur, entendait le silence parler et avait renoncé au sexe. La personne qui m'ouvrit avait un visage d'une gravité qui ne présageait rien de bon.

« J'ai essayé de vous joindre plusieurs fois ce matin, bredouilla-t-elle. Votre portable ne répondait pas.

— Il est de plus en plus détraqué. Je crois que je vais devoir en changer. »

Bien sûr, je ne lui dis pas que je ne réponds jamais au téléphone quand je suis en proie au priapisme. Cet accès avait commencé dès que j'étais monté dans le train, en gare d'Avignon, pour prendre fin lorsque je sonnai à la porte de Julien Green. J'avais la tête trop pleine d'Isabella pour me laisser distraire par le téléphone. Au début du trajet, j'avais mis mon portable en mode silencieux puis oublié, en arrivant à Paris, d'écouter mes messages.

De l'appartement tout de rouge tapissé, que j'appelais la maison du bonheur, un drame s'annonçait.

« Monsieur est tombé, me dit la personne.
— Une syncope ?
— En tout cas, un malaise. Il va très mal.
— Désolé.
— C'est moi qui le suis pour vous. Faire tout ce voyage pour rien, ce n'est vraiment pas de chance.
— Où est-il ?
— Ici. Il nous a fait promettre de ne jamais le laisser emmener à l'hôpital. »

Je demandai à le voir et je fus introduit dans le petit salon où était installé Julien. Je constatai qu'il se trouvait dans un mauvais état. L'écorce était toujours là mais, dessous, il ne coulait plus une goutte de sève. Il portait déjà la marque des mourants, la bouche ouverte et l'air sévère, j'allais dire méchant, mais ce sentiment lui avait toujours été étranger. Il respirait bruyamment avec de brusques poussées d'affolement dans la poitrine, et je pensais à la phrase du comédien Louis Jouvet qui avait été son ami et qu'il aimait citer : « On se rend compte du bonheur au bruit qu'il fait en s'en allant. »

Julien Green était tombé dans le couloir de son appartement, près de sa chambre. Depuis, ses jambes ne voulaient plus le mener nulle part. Bien décidé à ne pas finir dans un fauteuil roulant, à son âge, il se moquait de mourir. Je crois même que cette perspective le réjouissait. Je me souviens encore de son air farceur quand il m'avait dit, quelques semaines plus tôt : « J'irai bientôt au paradis, avec la foule. »

Il voulait parler de la foule des morts. Il aimait dire que nous avons déjà été précédés par cinquante milliards d'humains dont nous foulons les restes tous les jours. Quand on y pense, on ne marche plus de la même façon. On a le pas léger, par respect, ou hésitant, comme l'était celui de Julien Green au couchant de sa vie.

Je confère volontiers avec les morts, particulièrement avec mes parents auxquels je rends souvent visite au cimetière Saint-Pierre, à Marseille. Autant dire que je n'ai aucun scrupule à bavarder aussi avec les agonisants, dont je guette les réponses dans les mouvements de la bouche, des paupières, des mains. Dès qu'on nous laissa seuls, je racontai à Julien mon coup de foudre pour Isabella, puis ses apparitions nocturnes : je crus voir un sourire détendre son visage.

C'était une histoire pour lui. Avec du surnaturel, du virginal et même la Sainte Mère de Dieu. J'étais heureux de le distraire avec le récit des premières heures de mon très grand amour. Je suis sûr qu'il ne lui en a pas échappé un seul détail et qu'il a tout emporté dans sa tombe.

J'ai cessé de lui parler, soudain, en sentant, dans mon pantalon, quelque chose se dresser, puis devenir humide. Je me dégoûtais moi-même et redoutais de surcroît que, dans l'état où se trouvait Julien, son âme flottant dans la pièce, il ne découvrît cette infamie. Je l'embrassai sur le front et partis comme un voleur.

Telle est la misère de l'homme en général et de moi-même en particulier. Je me souviens n'avoir pu réprimer mes érections à des moments de ma vie où elles me semblaient obscènes : pendant l'enterrement de mon oncle, tout au long de la messe, jusqu'à l'inhumation ; ou bien quand je reçus François Mitterrand dans mon émission littéraire, alors qu'il parlait de ses écrivains préférés : j'avais l'air particulièrement tendu, et pour cause.

J'ai lu un jour que si la nature avait affligé les hommes de cornes ou de sabots, ils feraient moins les malins ; mais ils ont déjà une queue et, apparemment, s'en accommodent fort bien. Moi le premier. Sauf quand elle coule contre mon gré, en plein jour, comme lors de cette visite au grand écrivain qui devait rendre son dernier soupir trois semaines plus tard, avant d'être enterré dans sa chapelle, à Saint-Egid de Klagenfurt, en Autriche, où, disait-il, « j'aurai l'impression d'être chez moi ». C'est là qu'il passe sa mort, à écouter les prières.

Le soir, quand je regagnai le lit conjugal, il me sembla quand même avoir retrouvé ma fierté et ma dignité : j'avais pu résister toute la journée à mon désir d'appeler Isabella.

8

C'est un cri de chouette qui m'a réveillé, un cri d'amour ou d'agonie. Il était 3 heures et quart du matin et j'avais dans la tête les premières phrases d'une lettre à Isabella. Je suis tout de suite allé les écrire, à la table de son bureau : « Mon amour pour vous m'a tant élevé, ces dernières heures, que j'éprouve un grand vertige. Une impression d'arrachement aussi, comme si vous m'aviez déraciné et que je n'arrivais plus à me porter moi-même. Un sentiment de vide enfin, qui me fait sonner creux. Vous seule pouvez me remplir. »

Quand j'ai relu ce texte, je le trouvai idiot et décidai de m'en servir pour un roman à venir. Tout fait ventre chez moi. Je recycle toujours mes écrits, même quand ils sont personnels. Je rangeai celui-ci dans une chemise avec d'autres textes de ce genre, avant de chercher le sommeil dans le whisky, puis le rivesaltes et la gentiane de Lure. En vain. Je mis alors à jouer un de mes albums préférés de Johnny Cash, le crépusculaire *American IV*, où il chante sa mort avec les bouts de vie qui lui restent.

En écoutant *The Man Comes Around* ou *We'll Meet Again*, je nourrissais de mauvaises pensées au sujet d'Anne-Élisabeth. Je rêvais qu'elle meure. J'avais déjà divagué de la sorte avant ma rupture avec ma première femme, Cindy, une sainte à qui je ne pouvais faire le moindre reproche, sinon d'avoir eu confiance en moi. J'avais été jusqu'à prier qu'il lui arrive quelque chose, tant je redoutais de lui annoncer que je la quittais.

Le même scénario recommençait avec Anne-Élisabeth. Je pensais à tout ce qui pourrait exaucer ma lâcheté. Un accident de voiture. Un cancer foudroyant. Une mauvaise chute. Je n'aurais pas supporté un suicide, source de remords infini. Il aurait gâché mon bonheur à venir.

Avec les hommes, il m'arrive d'être courageux, sans le faire exprès : je déteste qu'on me parle mal ou qu'on me marche sur les pieds. Mais avec les femmes, je suis toujours d'une couardise sans limite, incapable de les affronter, à la merci de leurs larmes, qui m'anéantissent. Je ne me console jamais des chagrins que j'ai causés.

Quand je suis retourné dans le lit conjugal, il était 6 heures et quelques. Anne-Élisabeth a soupiré :

« Tu pues l'alcool. Tu devrais arrêter de boire comme ça, on dirait que tu viens de vider une bouteille dans les draps. »

Je n'ai pas répondu. La nuit, je ne réponds jamais. Même quand la femme dont je partage la vie me pose une question. Parler tue le sommeil. Je me rendormis aussitôt. Qui plus est, dans les bras d'Isabella qui m'apparut encore plusieurs fois.

Quand je me suis réveillé deux heures plus tard, je me sentais très en forme, comme si j'avais rattrapé des années de sommeil.

Jonathan prenait son petit déjeuner en téléphonant. Il téléphonait tout le temps, avec un air absorbé, du matin au soir, souvent bien après minuit. Des conversations entrecoupées de grands rires ou d'éternuements titanesques. Je disais pour me moquer : « Il est en conférence. »

Alors que je faisais couler l'eau du café, il éternua et, comme il avait la bouche pleine de corn flakes, je reçus plusieurs éclats de pétales de maïs dans la figure. Il me toisa sans l'ombre d'une excuse dans le regard et reprit sa conversation sur un nouveau groupe hip-hop, avant de filer avec un air furieux, comme si c'était moi qui lui avais manqué de respect.

Anne-Élisabeth est venue me rejoindre dans la cuisine. Elle était tout enjouée, comme chaque fois qu'elle avait quelque chose à me demander. Je la connaissais bien, elle ne pouvait rien me cacher. Elle me proposa en effet de partir une semaine plus tôt en Grèce, où nous avions prévu de passer nos vacances.

« Les enfants s'ennuient ici, dit-elle.

— Les ados s'ennuient toujours. C'est un état normal chez eux.

— Je ne crois pas qu'ils s'ennuieront en Grèce.

— Tu es leur mère. C'est toi qui décides. Mais, moi, je ne pourrai pas y aller tout de suite. »

Sa voix s'étrangla :

« Pourquoi ?

— J'ai des engagements, un programme de travail. Je ne peux pas tout changer à cause de tes enfants. Je vous rejoindrai plus tard, voilà tout. »

Elle avait les traits tirés, deux rides verticales entre ses sourcils. Elle se sentait coupable. Envers moi qu'elle mettait devant le fait accompli. Envers ses enfants, ses parents, ses amis, la terre entière, en vérité.

Anne-Élisabeth était toujours en faute. C'est ce qui m'avait tout de suite charmé, chez elle. Ses rougissements intempestifs. Ses yeux battus qu'elle baissait sans arrêt. Ses petites toux sèches, pour détourner l'attention. Si elle était assassinée, un jour, par un psychopathe, je suis sûr qu'elle se sentirait encore coupable en expirant. Puisqu'elle trouvait des circonstances atténuantes à tout le monde, pourquoi pas à son meurtrier, fût-il un sadique ?

La culpabilité est une maladie contagieuse, elle me l'avait donnée mais, comme je l'ai déjà dit, je ne supportais pas l'idée de la faire souffrir. Elle ne le méritait pas. C'est pourquoi il valait mieux qu'elle meure, solution idéale pour elle comme pour moi. Pour moi, surtout.

Après avoir fini mon café au lait, je l'embrassai tendrement.

Elle s'empourpra :

« Qu'est-ce qu'il y a ?

— Rien, mon amour. Je t'aime.

— Il y a longtemps que tu ne me l'as pas dit.

— Eh bien, c'est fait. »

Quelque temps plus tard, quand je pris congé d'elle et qu'Anne-Élisabeth me demanda où j'allais, je marmonnai un mensonge minable en regardant mes chaussures.

En partant, je me sentais très malheureux. Rien n'attise la culpabilité comme la crédulité.

9

À peine entré dans la voiture, j'appelai Isabella. Elle répondit à la première sonnerie, comme si elle attendait mon coup de téléphone. Encore un bon présage.

Ma bouche était sèche quand je lui annonçai que j'arriverais plus tôt que prévu à Lourmarin. Il me sembla que sa voix frémissait de joie. Quand je raccrochai, j'étais dans un état d'exaltation totale.

Je restai toute la journée dans cet état. Je n'ai rien gardé dans ma mémoire de notre conversation pendant les heures que nous avons passées dans les gorges du Verdon, sinon qu'elle fut d'une grande banalité. J'étais devenu l'ombre de moi-même. Une boule de palpitations. Une rivière exsudante. Isabella n'allait pas mieux. Le front rougeoyant, de la sueur ourlant sa moustache de duvet, elle secouait souvent la tête, sans raison, comme pour chasser des pensées qui, à en juger par son perpétuel sourire, étaient trop joyeuses pour n'être pas stupides.

Je n'étais pas seulement transporté, j'avais peur. Je n'ai jamais eu aussi peur de ma vie. J'avais déjà éprouvé de grandes frousses. Par exemple, quand la mort passe, même pour ne pas s'arrêter. Un accident de voiture. Un parent qui perd conscience. Un enfant qui tombe dans l'escalier. Mais ça ne durait jamais longtemps. Là, j'avais peur de tout. D'elle, de moi, d'une catastrophe quelconque. Une peur absolue qui me tétanisa jusqu'au soir.

Je savais toutefois sauver les apparences.

Quand nous arrivâmes au lac de Sainte-Croix, je me dis que c'était le lieu idéal pour un premier baiser. Si le Paradis existait ici-bas, je crois bien qu'il aurait la couleur de cette eau.

J'appellerai cette couleur le verdon puisqu'on ne la voit qu'à cet endroit. On dirait que des herbes coulent dans le lac. Des herbes bleues, mélangées à des fleurs turquoise et à des lianes émeraude qui, avec les scintillements du soleil sur l'onde, font de cette eau un grand ciel.

Un vertige m'attirait vers elle. J'allais y succomber quand un berger allemand se jeta sur moi et me lécha les mains de sa grosse langue râpeuse, avant de rejoindre ses maîtres, deux touristes ventripotents.

« J'aime, dit-elle, les gens que les chiens aiment.

— Je crains qu'il n'aime que le sel de mes mains.

— Ne vous dévalorisez pas. »

À défaut de baiser, je lui proposai de passer au tutoiement. Elle hocha la tête avec un air grave. Je ne pensais plus qu'à l'embrasser. Je fus exaucé un quart d'heure plus tard, alors que nous nous promenions sur la rive.

Je l'avais prise par surprise. Elle émit un petit cri de gorge qui pouvait signifier tout autant le refus, la confusion ou le consentement. J'optai pour la dernière solution et poussai mon avantage en l'entraînant vers les bois.

Nous nous embrassâmes longtemps. Je vécus ce premier baiser, les yeux fermés, comme une eucharistie vivante. Il me laissa dans la bouche un goût de cassis, de moût de raisin et de copeaux de bois.

Quelques mois plus tard, avec un petit sourire, elle me dirait que j'embrassais mal, mais que mes baisers furent, ce jour-là, particulièrement exécrables. Aucune technique, une grande fébrilité, des improvisations minables. Je le savais, mais je n'y pouvais rien. J'étais en proie à la plus grande émotion amoureuse de ma vie.

C'est toujours comme ça quand j'embrasse pour la première fois. J'ai la sensation d'embrasser Dieu, la Vierge ou ma mère. Il faut que je m'habitue à cette idée.

Avec Isabella, je me sentais tout petit, humble, obéissant, comme un chien perdu qui a enfin trouvé la chaîne où s'attacher. Mais ce n'était pas sa conception de notre relation.

« Je ferai toujours tout ce que tu voudras, dit-elle.

— Moi aussi. »

Je l'emmenai au milieu d'une rivière d'arbres qui dégringolait les pentes jusqu'au lac et nous continuâmes notre manège en roulant ensemble sur les cailloux qui nous meurtrissaient le ventre, les jambes, les bras. Peu m'importait qu'ils me déchirent pourvu que je baigne sous la pluie de ses baisers. Je n'éprouvais que du bonheur et puis du trouble, parce que, entre mes jambes, rien ne se dressait.

Soudain, Isabella se leva et m'annonça que nous nous trouvions dans une souille. Elle se trompait, je lui fis observer que la souille est le trou d'eau où les sangliers viennent prendre leur bain de boue. Or, là, la terre était sèche. Les bêtes l'avaient simplement remuée. Pour mulotter, c'est-à-dire traquer le mulot et ses greniers à provisions. Ou pour vermiller, autrement dit chasser le lombric. Ou bien, enfin, pour herbiller, ce qui revient à bouffer les pissenlits par la racine. Je penchais pour la dernière hypothèse.

J'en profitai pour étaler ma science en matière de sangliers. J'en ai souvent parlé dans mes livres et régulièrement croisé en forêt. Des boulets de canon. Ils fendent les broussailles, transpercent les taillis, envoient dinguer les ronces.

Je lui appris les mots pour en parler : la hure pour la tête, le boutoir pour le groin ou les suites pour les parties. Je lui racontai aussi les grandes migrations, quand ils traversent le Rhin et le Rhône pour aller voir ailleurs. On en a même vu en baie de Seine et dans la Manche, près des côtes, en 1939. C'est ainsi que les chasseurs vont parfois à la pêche aux sangliers.

Je ne sais plus par quel coq-à-l'âne elle amena la conversation sur les brochets. Je l'écoutai avec étonnement. Elle savait tout du poisson à tête de canard. Ses ruses. Ses petites manies. Elle le mimait dans ses recoins solitaires, toujours prêt à bondir.

Je l'imaginais, son sourire de madone aux lèvres, en train d'assommer la bête qui n'arrive pas à mourir, c'est le grand défaut des brochets, espèce increvable, ou bien de lui planter le couteau dans le crâne entre les deux yeux et de tourner la lame dans la crème de la cervelle, pour en finir. Elle n'était pas aussi douce qu'elle en avait l'air. Pendant qu'elle parlait, je voyais de la violence bouillonner dans la lumière de son regard, une violence des premiers temps de la préhistoire.

Le soir, quand je la déposai devant son misérable meublé, une maison de gardien qu'elle louait sur la route de Cadenet, nos bouches avaient tant communié qu'il me semblait avoir plein d'hosties dans la mienne. Je ne lui proposai pas de rester avec elle. Je savais que je ne serais pas à la hauteur. Je pressentais même le désastre.

Je crois qu'elle ne se rendit compte de rien et qu'elle me prit juste pour un galant homme. Sur la route du retour, j'étais oppressé, j'avais un point de côté, il me fallut du temps pour me remettre. Il me semblait, pour reprendre une formule de Simone Weil, que je souillais tout par ma respiration et le battement de mon cœur.

10

Relisant ces pages, j'ai le cœur serré et me dis qu'il vaudra mieux continuer ce livre sans trop regarder derrière. Les souvenirs ne me réussissent pas, surtout quand ils sont beaux. Ils coulent comme des larmes, et je n'aime pas les larmes.

Je ne me relirai plus. La nostalgie est une perte de temps. L'antichambre de la dépression. Une prison, parfois. Le visage d'Isabella n'est toujours pas sorti de ma tête, malgré notre rupture. Je crains même que, à l'heure de ma mort, il ne surgisse de son ciel d'amour pour se pencher sur moi avec sa douceur mariale et m'embrasser une dernière fois.

Quelques semaines après la tragédie qui nous a jetés si loin l'un de l'autre, j'ai commis l'erreur de retourner dans les gorges du Verdon.

En écoutant chanter l'onde du lac de Sainte-Croix que rasent des escadrilles d'hirondelles, à la poursuite d'insectes ailés, je me dis que je ne dois m'en prendre qu'à moi-même. Jamais je n'ai été à la hauteur de ce très grand amour. Soit que je l'aie surplombé, exalté et perdu dans les nuages. Soit que je l'aie laissé rouler au fil de l'eau, débordé par mes travaux d'écriture et mes cours de philosophie.

J'effectue mon pèlerinage, le téléphone portable à la main, dans cet état d'égarement où l'on attend continuellement le coup de fil où l'autre vous dira que l'on efface tout pour recommencer de zéro. Je lui ai envoyé un texto ce matin : « Je serai à Bauduen vers 10 heures. Viens me rejoindre avec les enfants. Ce serait bien. »

Elle n'est pas là à l'heure dite et j'attends, rongé par l'inquiétude, le cadran du portable m'indiquant par intermittence que je me trouve hors réseau. Peut-être est-elle en chemin.

Une heure après, je me risque à partir et, tout en conduisant, lui adresse un nouveau texto : « Serai à Moustiers à midi. Je t'attends. Si tu ne peux pas venir, dis-le-moi. »

J'ai attendu longtemps devant la collégiale Sainte-Marie, à Moustiers. Je crois que je faisais peur aux passants : certains ont ralenti leur pas à ma hauteur et chuchoté des choses entre eux, tandis que d'autres, qui marchaient seuls, ont, au contraire, accéléré.

Je les comprends. J'ai perdu beaucoup de poids, ces derniers temps. Au fond de leurs orbites, mes yeux sont à peu près aussi expressifs que s'ils étaient morts et mon visage est travaillé par le chagrin et le ressentiment. Ses asymétries s'étant accusées d'un coup, j'ai l'air plus torve que jamais. Si le squelette à tête de mort que j'habite était tombé sur une femme seule au milieu de nulle part, lors de mon périple dans le Verdon, je suis sûr qu'elle aurait hurlé de peur avant de prendre ses jambes à son cou en appelant à l'aide.

Je me fais peur. Après l'avoir attendue en vain, j'ai fini par m'enfoncer dans les méandres des gorges du Verdon et j'ai des mauvaises pensées en regardant le torrent dont la voix m'appelle en bas.

Je pense à Kleist qui voulait « faire de la souffrance un moment impérissable ». Je me suis toujours pris pour quelqu'un d'autre. Une belle mort peut racheter l'échec d'une vie. Surtout si c'est une mort d'amour. Mais je préfère remettre ça à plus tard. Comme je l'ai déjà dit, je remets toujours tout à plus tard. C'est normal. Je ne sais plus où donner de la tête. Comme sainte Thérèse de Lisieux, je suis incapable de trancher. Je choisis tout. Un papillon bleu qui volette au-dessus de moi, et je m'élance dans son sillage. Un gros lézard vert qui, après m'avoir observé avec une expression de vieux sage rieur, s'insinue dans un fouillis de lavande, et je me sens prêt à le suivre au bout du monde.

La mort peut attendre. J'ai faim et je ne crois pas qu'on se suicide quand on a un petit creux. Ni quand il fait beau. Au-dessus, sur les toits des gorges, la forêt craque sous les dents du soleil. Au-dessous, le torrent gazouille tandis que, partout, s'élancent des fleurs ou crépitent des graines.

À Aiguines, au pays des chèvres, j'ai emprunté la Corniche sublime, au milieu des buis et des thyms, jusqu'à la falaise des Cavaliers. Le jour commençait à faiblir quand, du côté d'Esparron-de-Verdon, je me suis recueilli à l'endroit où nous nous étions tant aimés, un soir de septembre, dans les eaux de jade du lac, au milieu d'un attroupement de petites perches qui nous suçaient les pieds et les jambes. Je revis le long baiser que nous échangeâmes en préambule. Un grand cru classé. Nez boisé, groseille, cerise, bouche ronde et souple avec de la sucrosité, une note d'amertume en finale. Je me souviens qu'Isabella avait la chair de poule.

Du temps où elle m'aimait, elle avait souvent la chair de poule, en me regardant, par exemple, ou lorsque je la serrais contre moi : ça lui piquetait surtout les fesses, les cuisses et les bras. Parfois le visage. J'aimais ce pouvoir sur elle et le vérifiais régulièrement d'un œil discret.

Longtemps, elle eut aussi les paumes des mains qui suintaient quand je les prenais dans les miennes. Elle disait que c'était de l'amour qui coulait mais on aurait dit des larmes, les larmes de la Vierge. Le phénomène cessa quelques mois avant notre rupture, ce qui aurait dû me mettre la puce à l'oreille. Je m'en souviendrai pour la prochaine fois.

Il est 9 heures du soir quand je décide de rentrer chez moi, à Mérindol. Sur la route, à Gréoux-les-Bains, pour remplir le grand vide en moi, je m'arrête dans un café, m'accoude au comptoir, puis demande au tenancier une bière, deux bouteilles d'eau, des cacahuètes, un œuf dur et trois sandwichs.

« Pour une seule personne ? » demande-t-il, étonné, les sourcils en accent circonflexe.

Je lui adresse un signe de tête qui ne veut rien dire. Je n'ai pas envie d'engager la conversation avec lui. Je veux juste me débarrasser du goût d'ail, de fiel et de cendre qui me salit la bouche. Après ça, je fuirai.

Je n'arrive pas à croire que mon très grand amour fût une illusion. Peut-être me suis-je raconté des histoires, mais j'ai bien vécu ce que j'ai vécu. La preuve : je le vis encore dans ce café où nous nous étions arrêtés jadis, un soir d'été. Il suffit que je ferme les yeux pour la revoir, dans sa robe à fleurs.

Le soir, dans ma maison de Mérindol, le portable n'a toujours pas sonné. Quand on n'est plus aimé, mieux vaut qu'il ne sonne jamais. Sinon, on est encore plus malheureux.

Je me suis couché tôt. Mais je n'ai pas dormi. Je ne dors plus. Je passe mon temps à revivre mon très grand amour, nos rires, nos baisers, nos promenades : ça rafraîchit mon agonie.

11

Je n'ai rien fait de ma vie et, de plus, je l'ai mal fait. Ce n'est pas moi qui l'ai menée. Je me suis toujours laissé porter par le courant le plus fort, sans jamais rien décider, comme le chien crevé flottant sur son fleuve.

Quand je me retourne sur mon passé, aussi loin que je pousse mon regard, je ne vois qu'un vaste champ de ruines. Je ne me sens pas autorisé à ajouter mes pleurnicheries à la grande plainte universelle qui sera sans doute le seul legs de notre époque à la postérité.

J'ai eu cinq femmes et sept enfants, qui ont entre trente-quatre et trois ans. Pas de quoi se vanter. Je sais bien que je prête à sourire. À juste titre. Je fais partie de ces vieillards qui, refusant de quitter la scène, font leurs petits-enfants eux-mêmes.

La sagesse antique nous a appris qu'il faut vivre chaque jour comme si c'était le dernier. Longtemps, je l'ai vécu comme si c'était le premier, en prédateur. Depuis quelques années, à cause de l'âge, de la maladie ou de la nostalgie, j'essaie de rattraper le temps perdu. J'invite, je rends visite, je prends des nouvelles. J'essaie de m'occuper de mes enfants. De Mehdi, notamment, prénommé ainsi en hommage à un ami très proche, mort dans un accident de moto. Il a un second prénom, Ralph, en hommage cette fois à son grand-père maternel, décédé deux mois avant sa naissance.

Mehdi a quatorze ans et vit à Forcalquier, en Haute-Provence, avec sa mère, Myriam, ma troisième femme. Une Autrichienne blonde et timide aux yeux bleus qui a été mannequin, hôtesse de l'air, éditrice, puis libraire, avant de se reconvertir dans la restauration, pardon, la pizzeria. Nuance. Je suis censé passer avec lui un week-end sur deux, mais je ne lui en donne qu'un par mois, et encore, en comptant large.

C'est un adolescent sensible et intelligent, mais la culpabilité qu'il m'inspire est trop lourde. Dès que j'eus quitté sa mère pour Anne-Élisabeth, sans explication ni annonce officielle, alors qu'elle était partie aux sports d'hiver avec lui, il est devenu bègue et plein de tics.

Mehdi est l'incarnation douloureuse de toutes mes fautes, un remords vivant. La veille, je lui avais proposé de l'emmener visiter Nice. J'aime cette ville. Je crois que c'est à cause de mon vieil ami Frédéric. Frédéric Nietzsche. J'ai toujours un livre de lui à portée de main. Il avait une passion pour Nice où il a pris ses quartiers d'hiver, de 1883 à 1888, rue Rossini, puis rue Saint-François-de-Paule.

Sans jamais cesser de célébrer « le ciel alcyonien » de Nice ou sa « magnifique plénitude de lumière », Nietzsche a écrit sur cette ville ce que je ressens chaque fois que je m'y trouve : « J'entends dans l'air quelque chose de vainqueur et de sur-européen, une voix qui me donne confiance et me dit : "Ici, tu es à ta place." »

Parfois, pendant mes insomnies, j'envisageais de m'installer dans le Vieux Nice, près du cours Saleya, mais c'était une idée stupide pour quelqu'un d'aussi fauché que moi. Il aurait fallu que je vende la maison familiale de Mérindol où je m'étais replié à la mort de notre très grand amour, décision qui eût été une insulte à la mémoire de ma mère et de mon père.

Cette nuit, j'ai commencé un nouveau livre qui, je crois, tranchera sur les précédents, *À tous ceux qui souffrent*, un essai dont voici les premières lignes :

« Ce qui différencie les humains des animaux, ce n'est pas la conscience ni l'intelligence dont, contrairement à la légende, les derniers sont également pourvus. C'est la vanité, qui est la cause de tous les malheurs et de toutes les souffrances morales de l'humanité. Elle en a fait l'espèce la plus ridicule de la Création avec les paons, les dindons et les dodos, ces gros oiseaux prétentieux, incapables de voler, que la bêtise et la goinfrerie des explorateurs européens ont fait disparaître de la surface de l'île Maurice, au XVIIe siècle. Il nous arrivera la même chose. Notre suffisance nous tuera. »

J'ai écrit trois pages de cette eau avant de décider qu'elles ne valaient rien et de prendre la route de Forcalquier. Il n'est pas encore 8 heures quand je sonne à la porte de l'appartement de la mère de Mehdi, le cœur battant, parce qu'elle a un caractère changeant et qu'elle peut tout aussi bien m'accueillir en m'embrassant qu'en m'aboyant dessus. Myriam et moi nous aimons toujours, c'est pourquoi nous avons tant de mal à nous entendre. Chaque fois que je la revois, rayonnante dans ses jeans serrés, je suis pris de nostalgie. J'ai encore dans la bouche le goût de ses kouglofs et de ses gâteaux au pavot.

Elle est déjà partie faire son marché pour la pizzeria. C'est Jack, son nouveau mari, qui m'ouvre. Un homme pourléché d'amour maternel qui se trouve très beau et, franchement, il n'a pas tort.

Officiellement, Jack est chômeur ; en réalité, c'est lui qui tient, le soir, la caisse de la pizzeria de Myriam. Il prend un air grave et m'annonce tout de go, devant Mehdi qui accourt, essoufflé :

« Vous avez du retard pour le paiement de la pension alimentaire.

— Un peu.

— Non, trop.

— Trois mois, c'est peu, étant donné les circonstances.

— C'est ce que j'appelle trop, dit-il en haussant le ton.

— Désolé. J'ai de gros problèmes d'argent en ce moment.

— Vous n'avez qu'à pas divorcer tout le temps. Personne ne vous y oblige.

— Je vais m'arranger.

— Il vaudrait mieux, Antoine. Sinon, je n'ose pas imaginer ce qui pourrait se passer.

— Je m'en occuperai dès mon retour.

— Occupez-vous-en bien, c'est votre intérêt. »

Mehdi semble terrorisé. Comme il a tendance à tout garder pour lui, je lui explique, un moment plus tard, alors que nous quittons Forcalquier en direction de Nice, ma mauvaise situation financière :

« Un divorce, ça coûte cher. Et comme Isabella a la garde des enfants, je dois lui payer une pension alimentaire.

— Paaaaa…pppa, quand arrête…ras-tutu… de didivorcer ?

— Quand j'arrêterai de me marier.

— Fais attention la ppp…rochaine fois.

— J'essaierai, Mehdi. Promis. »

À la hauteur de Cannes, soudain, je suis pris d'une envie pressante. Depuis mon opération, j'ai sans cesse des envies pressantes. Elles me tombent dessus d'un coup. Ma vessie et mes intestins ne peuvent pas attendre. C'est pourquoi je cours toujours aux toilettes au lieu de m'y rendre d'un pas tranquille. J'attends le génie qui inventera des ouas-ouas mobiles pour que je puisse me déplacer partout sans crainte ni panique.

Je connais un baron régional de la politique, dans le Sud, qui fait sous lui, pendant les réunions officielles, ou qui urine d'urgence dans les halls d'entrée des bâtiments publics. Je n'en suis pas là, mais je sais que ça pourrait venir. Avant de me résoudre aux couches ou à la sonde, je crois que je m'habillerai en noir un moment, comme lui : les taches se voient moins.

Pour éviter une catastrophe urinaire dans la voiture, je décide de me garer sur la bande d'arrêt d'urgence. À peine sorti du véhicule, je sens quelque chose couler : une tache commence à grandir entre mes jambes, sur le tissu du pantalon. Et, comme toujours dans ces circonstances-là, je peine à ouvrir ma braguette, qui est trempée.

Quand je peux enfin uriner contre la barrière de sécurité, deux motards de la gendarmerie arrivent à ma hauteur. Ils ralentissent, s'arrêtent et s'amènent avec le déhanchement si particulier des policiers dans les téléfilms américains.

« M'sieur, dit le premier, un balèze, y a un problème ?

— Non.

— Qu'est-ce que vous faites ?

— Vous voyez bien.

— Vous ne pouvez pas arrêter de faire ça quand on vous parle, dit le second motard.

— Quand on commence, on ne peut plus s'arrêter.

— Je vous demande d'arrêter.

— Impossible. Il faut bien changer l'eau des olives. »

Il n'aime pas mon humour.

« Veuillez nous suivre, ordonne-t-il.

— Quand j'aurai fini. »

Son insistance ne suffit pas à troubler mon bonheur qui est immense. À mes yeux, l'une des phrases les plus pertinentes de la littérature a été écrite par Alphonse Allais (1854-1905) : « Si j'étais riche, je pisserais tout le temps. » J'y pense souvent quand je fais pipi et que je me sens riche, en paix avec moi-même, une sorte de roi du monde, tandis que monte en moi une douce euphorie.

Quand j'ai fini, le premier motard réclame mes papiers puis, les vérifications faites, me demande pourquoi je me suis arrêté sur la bande d'arrêt d'urgence.

« Je ne pouvais pas faire autrement, dis-je.

— Ce n'est pas une réponse.

— C'est la mienne. »

Je cherche dans mon portefeuille un papier que je ne trouve pas, tandis que Mehdi m'observe avec des yeux agrandis par la peur, une peur paternelle.

« Quand je vous aurai montré la carte que je cherche, dis-je, vous aurez compris mon problème.

— Quel problème ?

— La cause de mes mictions. »

Le premier motard soupire comme si je l'avais insulté, puis laisse tomber :

« Suivez-nous. On va continuer cette conversation à la gendarmerie. »

Je me rends donc à la gendarmerie, escorté par les deux motards. En chemin, je cherche à détendre Mehdi dont j'ai surpris, dans le rétroviseur, le regard affolé :

« Te rends-tu compte ? On dirait qu'on est une voiture officielle…

— C'est grrragra…ve ?

— Non, Mehdi, c'est un malentendu.

— Avec toitoi, ppaaa…pa, c'est toutoujours des maaalentendus. Même quandquand c'est grrrave. »

Je finis par retrouver le document, une attestation qui me permettait de franchir les portiques des aéroports, juste après mon opération. Avec toute la radioactivité que j'avais dans le ventre, ils auraient sonné le tocsin à mon passage. Les noms de mes cancérologues y apparaissent, les professeurs Cosset et Thioun, avec leur numéro de téléphone. J'annonce au commandant de gendarmerie, en lui tendant cette preuve à l'appui, que je souffre d'un cancer de la prostate. Je n'aurais pas fait cette confidence en présence de Mehdi à qui je ne l'ai jamais dit, de peur qu'il n'attrape de nouveaux tics. Un gendarme s'était dévoué pour lui faire visiter les lieux.

« Oh, mon pauvre. Mon père a eu ça… »

Le commandant de gendarmerie me gratifie d'un sourire apitoyé, me donne une tape sur l'épaule, puis, après avoir fait chercher Mehdi, me raccompagne à la sortie.

Je pense au conseil du professeur Bernard Debré qui me reçut à l'hôpital Cochin, à Paris, quand j'hésitais entre plusieurs traitements : c'est le genre de médecin qui pleure chaque fois qu'un de ses patients meurt.

« Il ne faut jamais dire qu'on a un cancer, m'avait-il assuré.

— Et pourquoi ça ?

— Le cancer fait le vide autour de vous. Plus de visites, ni d'invitations, ni de coups de téléphone. Tout le monde vous repousse.

— Mais je ne sais pas mentir.

— Il le faudra. C'est une question de vie ou de mort. Bien sûr, quand on a vaincu le cancer, on se sent plus fort, presque indestructible. Mais si on dit tout de suite la vérité sur sa maladie, on est mort. Mort dans le regard des autres. »

Et, en croisant une dernière fois le regard du commandant de gendarmerie, je me suis senti plus mort que jamais.

12

Pardonnez-moi si je me suis encore égaré. Je n'arrive jamais à garder mon fil. C'est pourquoi, dans ce récit comme dans ma vie, je n'avance pas droit, mais de guingois ou à reculons, sans craindre les pas de côté.

Mon état d'amoureux abandonné et cancéreux n'excuse pas tout. La digression est ma pente naturelle, et trop de souvenirs se bousculent dans ma tête. Ils m'emmènent dans tous les sens. J'ai l'esprit brumeux, embrouillé.

Si je me suis perdu dans la parenthèse que je clos ici, c'est aussi, je crois, parce qu'il me pèse de raconter mon retour au foyer conjugal, après l'éclosion de mon très grand amour, lors de ma première journée avec Isabella, dans le Verdon.

Quand je rentrai au monastère, la honte me rongeait. Il était 11 heures du soir et Anne-Élisabeth regardait un film à la télévision avec un air mauvais. Un film américain, comme d'habitude. Au cinéma, elle aimait tous les genres, pourvu qu'ils fussent américains.

« J'ai essayé de te joindre toute la journée, dit-elle sans tourner la tête, les yeux braqués sur une scène de poursuite dans un désert.

— Première nouvelle », répondis-je en sortant le portable de la poche de ma veste pour vérifier le cadran.

Je m'approchai d'elle, l'embrassai tendrement, puis lui murmurai à l'oreille :

« Excuse-moi. Tu m'as effectivement appelé quatre fois, mais je m'étais mis en mode silencieux.

— Je voulais juste t'annoncer que j'avais réservé les places d'avion pour après-demain. Cinq places pour le cas où tu changerais d'avis.

— C'est impossible, je te l'ai déjà dit.

— Peux-tu me dire quels sont les engagements dont tu m'as parlé ce matin ?

— Une conférence sur Dostoïevski à Aix-en-Provence et la journée du livre de Sablet où je dois faire une conférence sur l'art du roman. Je ne peux les rater sous aucun prétexte.

— Soit. »

Chaque fois qu'Anne-Élisabeth prononçait ce mot, c'est qu'elle était en colère. Rien ne pourrait la faire sortir de cet état. Il fallait laisser passer. J'allai me coucher.

Quand je fus allongé dans le lit, je mis les bras en croix et embrassai le silence vivant de la nuit, qui battait comme du sang. J'étais pressé de retrouver Isabella dans mon sommeil qui, au demeurant, ne se fit pas attendre.

Les apparitions nocturnes d'Isabella continuèrent à un rythme soutenu. Il me semble que je vécus, cette nuit-là, les mêmes extases que tant de saintes, Hildegarde de Bingen, Catherine de Sienne ou Colombe de Rieti. Je ne sais si, dans mon cas, le pouls ou le souffle s'arrêtait aussi, mais je me réveillai, comme elles, avec d'affreuses douleurs musculaires. À croire que j'avais couru sans m'arrêter depuis la veille au soir. Ou bien fait l'amour à feu continu. J'en conclus que, pendant mes crises mystiques, mon corps devenait rigide, phénomène également observé chez ces dames.

Quand leurs âmes se détachaient pour rejoindre Dieu et s'unir à lui, les corps des grandes saintes se raidissaient et se retrouvaient dans un « état de mort », selon l'expression de Jean de la Croix. C'était sans doute ce qui m'arrivait.

Avant même ce qu'on appelle le petit matin, je suis allé dans mon bureau où j'ai lu les trois longs textos laissés par Djamila sur mon portable pendant que j'étais dans le Verdon avec Isabella. J'étais en tort. J'avais oublié de l'appeler la veille pour annuler notre rendez-vous quotidien.

Ceux qui prétendent qu'une maîtresse est moins exigeante qu'une épouse ne savent pas de quoi ils parlent. Au contraire, elle est toujours plus inquiète, plus jalouse. C'était le cas de Djamila. Si je voulais vivre pleinement mon grand amour avec Isabella, il fallait donc que je quitte Djamila sans attendre.

Avec mes amours précédents, j'avais toujours rompu en proposant une pause, « pour me retrouver et faire le point », selon mon expression rituelle. Cette fois, la chirurgie s'imposait, mais je n'en avais pas le cœur. J'écrivis un premier texto : « C'est fini. » Trop grossier. Je l'effaçai et en rédigeai un deuxième : « Je crois qu'il vaut mieux arrêter. » Trop laconique. C'est au troisième essai qu'il me sembla avoir trouvé le bon ton : « Je ne te remercierai jamais assez pour tout ce que tu m'as donné mais je ne supporte plus de te faire tant souffrir. Je ne suis pas à la hauteur, je le sais. Tu mérites bien mieux que moi. Il n'est que temps d'en finir. » Je décidai de le laisser reposer un peu avant de l'expédier.

J'envoyai le texto à 8 heures du matin. Ensuite, j'appelai Isabella. Je crois que je la réveillai. Elle avait la voix molle et traînante, une voix de lendemain de fête. Je lui proposai de l'enlever pour la journée et de l'emmener visiter le monastère de Ganagobie, puis la citadelle de Sisteron. Son oui sonna comme un petit cri de joie.

13

Quand je suis parti, Anne-Élisabeth dormait encore. Je n'avais pas envie de lui parler. On ne sait jamais quoi dire à la femme qu'on va quitter. Ou bien on est très dur mais, en ce cas, il aurait fallu que je me force et je n'en avais pas le courage. Ou bien, comme j'y inclinais, on est trop gentil alors que c'est, au contraire, le moment de se raidir.

J'avais roulé très vite et il n'avait fallu guère plus d'une heure pour arriver devant le meublé d'Isabella. Elle ne me proposa pas d'entrer chez elle et nous prîmes aussitôt la route de Ganagobie où, à quelques mètres du monastère, je lui donnai le premier baiser de la journée. Elle me le rendit un peu plus loin, sur un rocher qui surplombe la vallée de la Durance.

Mais c'est au sommet de la citadelle de Sisteron que nous échangeâmes notre plus beau baiser. En plein air, au milieu des cimes. Je ne peux m'empêcher de m'en ramentevoir, chaque fois que j'y retourne. Je me souviens de l'endroit précis où il a eu lieu. Des pierres moussues qui nous protégeaient. Des montagnes échancrées qui nous toisaient. Je me souviens même de ses saveurs. Silex, foin, cassis, melon, tanins suaves, bon fruit, moelleux en finale.

Je serais bien resté des heures encore dans sa bouche mais il fallut nous arrêter : une cohorte de touristes arrivait. C'est là que je lui annonçai mon intention de quitter mon épouse.

« Ah bon, dit-elle, feignant l'étonnement. Parce que tu es marié ?

— Ne t'ai-je pas dit, hier, que j'avais une femme ?

— Oui, mais je ne savais pas que tu étais marié. Première nouvelle.

— Qu'est-ce que ça change ?

— Rien. Tu as donc une alliance ?

— Je ne la porte plus.

— Depuis quand ?

— Depuis que je t'ai vue pour la première fois. Je l'ai retirée pendant la conférence.

— C'est une déclaration ?

— Prends ça comme tu veux. »

Elle aurait pu me demander si, comme tant d'hommes dans cette situation, je remettais ma bague quand je rentrais à la maison mais elle ne me posa pas la question, ce qui m'épargna un mensonge que j'aurais proféré avec la maladresse qui provient, j'imagine, d'un vieux fonds protestant, ou bien d'une imbécillité congénitale, car il faut être très intelligent pour bien mentir et j'ai l'esprit trop lent, en colimaçon.

Tout en haut de la citadelle, nous frissonnions intérieurement en regardant les Alpes dont les sommets dentés mordaient les nuages. Le vent parlait à voix basse ; il fallait tendre l'oreille. Je n'y prêtais pas trop attention. Il raconte toujours les mêmes choses. Des histoires de fontaines ou de haute mer.

À cet instant, je me sentais si heureux que j'avais envie de me tuer. C'était un vertige étrange qui me poussait à sauter par-dessus la balustrade, pour lui prouver mon amour en m'immolant.

Plusieurs fois dans ma vie, j'avais éprouvé ce sentiment débile : amoureux à en mourir, au sens propre, mais à ce point jamais. Il me semblait que j'étais arrivé, avec Isabella, au quatrième degré de l'amour violent.

Je garde toujours près de moi, dans mon bureau ou sur ma table de chevet, un traité du XIIe siècle, *Les quatre degrés de la violente charité* d'un certain Richard, prieur de l'abbaye Saint-Victor, à Paris. Je crois bien que, depuis, nos connaissances en matière amoureuse n'ont pas avancé d'un pouce. Il parle de l'amour de Dieu, bien sûr, mais aussi, en expert, de l'amour intime.

Inspiré par les Psaumes, le Cantique des Cantiques ou les Épîtres de saint Paul, Richard de Saint-Victor a établi quatre degrés de l'amour violent, des degrés que j'avais la sensation de vivre simultanément avec Isabella. Dans la vie comme au lit, j'ai toujours tout fait trop vite.

D'abord, selon Richard de Saint-Victor, l'amour navre et blesse. L'âme qu'il a transpercée ne peut contrôler l'ardeur du désir qui la brûle. Impossible de lui résister.

Ensuite, l'amour enchaîne et dévore l'âme. Il ne la laisse jamais en paix, fût-ce une heure. Il paralyse les facultés mentales, empêche de vaquer à ses occupations, de remplir ses devoirs. Impossible de penser à autre chose.

Après quoi, l'âme consumée oublie tout le reste : elle n'est plus habitée que par un amour unique et un désir unique. Tout lui paraît inutile et intolérable dès lors que ça ne l'amène pas à jouir de l'objet de sa passion. Impossible d'agir.

Enfin, au quatrième degré de l'amour, le désir ne peut plus se satisfaire et, note Richard de Saint-Victor, « quoi de plus misérable que de se fatiguer continuellement à désirer ce dont la jouissance ne pourra nous combler ? » L'amour peut alors tourner à la folie ou, du moins, à la haine. Pour le prieur, c'est « une sorte de préfiguration de la damnation où l'on ne cesse de passer de la chaleur des flammes au froid des neiges et du froid des neiges à la chaleur des flammes ».

Bien sûr, je n'ai rien dit de tout cela à Isabella. J'aurais tout gâché. Je préférais l'écouter parler. Elle n'était pourtant pas causante. Elle s'exprimait à petites gouttes, en ménageant de longs silences entre ses phrases dont elle semblait se débarrasser, les yeux baissés, avec une diction laborieuse, comme d'écrasants secrets.

J'appris ainsi qu'elle avait perdu son père biologique à l'âge de sept ans. Une crise cardiaque. Sa mère ne lui avait jamais dit qu'il était mort. Ni sur le moment ni par la suite. Dans une bonne intention, pour la protéger. Isabella avait donc assisté aux funérailles sans savoir que son géniteur gisait dans la boîte en bois, entourée de bouquets de roses et d'hortensias, ses fleurs préférées, au-dessus desquelles le curé balançait son encensoir.

Quelques semaines plus tard, sa sœur, de deux ans sa cadette, lui avait appris la vérité qu'elle tenait d'une cousine. Quand Isabella lui avait demandé des explications, sa mère avait fondu en larmes :

« Non, ton père n'est pas mort. C'est autre chose.

— C'est quoi, maman ?
— Il est parti.
— Pourquoi ?
— Les hommes partent, c'est comme ça, il faut se faire une raison.
— Tu sais où il est ?
— Non, mais je suis sûre qu'il reviendra.
— Sûre ?
— Puisque je te le dis ! Fais-moi confiance. »

La mère et la fille n'avaient plus jamais évoqué le sujet. C'était une blessure qui n'avait jamais cessé de suppurer et, en l'évoquant, Isabella semblait submergée par l'émotion et le ressentiment.

14

Quand, au retour de Sisteron, je proposai à Isabella de rentrer chez elle manger quelque chose, j'avais, bien sûr, une tout autre faim. Elle accepta avec les pupilles dilatées de ceux qui sont arrivés au deuxième degré du violent amour selon Richard de Saint-Victor.

En pénétrant dans son logement de fortune, je sentis tout de suite que quelque chose n'allait pas. Ma tête la voulait, mais pas mon corps. Encore une preuve que j'étais déjà, pour ma part, au quatrième degré de l'échelle de Saint-Victor, celui de la confusion des sentiments.

Il flottait chez elle des effluves de melons tournés et de légumes pourris, une odeur à mouches qui, vu leur nombre, devaient l'apprécier.

Isabella me fit visiter son logis, un deux pièces rudimentaire. Dans sa chambre, devant le lit, je me serais jeté sur elle si seulement j'avais pensé que mon désir serait suivi d'effet. Mais, j'étais de glace et, dans le même temps, en feu, pour reprendre l'image de Richard, le père prieur.

Elle effleura mes lèvres, sans doute pour me provoquer, et je sentis son souffle pénétrer en moi quand elle me proposa de boire quelque chose. Je préparai deux pastis pendant qu'elle commençait à trancher de grosses tomates russes pour faire une salade.

J'en profitai pour étaler ma science en matière de tomate, passion transmise par ma mère qui en cultivait plusieurs variétés dans le potager familial. Des tomates du Caucase, mais aussi des tomates ananas ou des noires de Crimée. Je crois que j'impressionnai Isabella.

Pendant le repas, j'essayai de ne pas penser à la suite. S'il fallait définir mes sentiments, je dirais que j'éprouvais un mélange d'excitation et de terreur. N'était l'escargot qui, entre mes deux jambes, était rentré dans sa coquille, j'aurais été au comble du bonheur. Mais, dans l'état où je me trouvais, le fiasco était assuré. Même s'il n'aurait pas été le premier — j'étais habitué —, je ne pouvais pas l'accepter avec cette femme-là. Il me fallait une échappatoire.

Nous étions en train de finir nos cafés et je songeais à feindre un malaise ou une attaque cardiaque quand elle me demanda doucement :

« Qu'est-ce qu'on fait maintenant ?

— Je reprendrais bien du café.

— Et après ? »

Elle regardait vers la porte de sa chambre. Un sourire douloureux passa sur mes lèvres tremblantes.

Je n'avais pas avalé la dernière goutte de mon second café qu'elle me prit par le bras et m'entraîna jusqu'à la chambre, la paume trempée, comme si elle sortait de la douche. La montée du désir lui mettait aussi du rouge aux joues.

Elle avait pris les choses en main. Je me retrouvai sous elle et ses baisers, une averse de baisers, sur un matelas inconfortable qui grinçait quand il ne criait pas, et dont plusieurs ressorts étaient cassés, au milieu. Nous étions condamnés à nous embrasser sur les côtés, au risque de tomber par terre.

À chaque baiser, j'essayais de donner le meilleur de moi-même, mais l'escargot ne daignait toujours pas sortir de sa coquille.

Elle s'en rendit compte car sa main entra sous ma chemise, puis sous le caleçon où elle réveilla l'animal. Je sentis tout de suite le danger et tentai de me dégager. Il y avait quelque chose de dur dans son expression, celle de certaines femmes avant l'amour. Moi, je ne savais pas où j'en étais et, quand je sentis qu'elle ne se raviserait pas, j'acceptai mon sort.

Il y avait une minute que sa main était dans mon caleçon quand une espèce de râle s'échappa de ma bouche entrouverte :

« Non, je t'en supplie…
— Si, il faut…
— Noooooon.
— Je t'aime. »

Après que je me fus contracté puis relâché, elle retira sa main mouillée avec un grand éclat de rire.

« Pardonne-moi, dis-je d'une voix blanche.

— Voyons, ce n'est pas ta faute, c'est la mienne. »

Je m'en sortais à bon compte. Après un passage par la salle de bains, je retournai sous la pluie de ses baisers où je passai une bonne heure, appliqué comme un débutant, à obtenir sa grâce.

Ensuite, nous avons fait la sieste, blottis l'un contre l'autre, avant de parler de tout et de rien en regardant le plafond, puis de somnoler encore un peu pour nous lever, enfin, et préparer le dîner : melons, fromages de chèvre trempés dans de l'huile d'olive et soupe aux fraises.

Quand le soir tomba et qu'approcha, pour moi, le moment de rentrer, Isabella réclama ma chemise.

« Pour quoi faire ? demandai-je.

— Pour passer la nuit avec ton odeur. En échange, je te prêterai mon tee-shirt. »

Je ne sentais pas la rose. Comme je l'ai déjà dit, la seule présence d'Isabella me faisait transpirer d'amour. J'étais devenu une fontaine vivante et ma chemise portait les stigmates, en forme de corolles blanches, du sel de ma sueur. Sans parler des effluves acides.

Isabella était très olfactive. Elle aimait fourrer ses narines partout, à la façon des chiens. Dans le linge ou dans la nourriture, qu'elle sortait du réfrigérateur. Même si l'amour est mimétique, je ne me voyais pas aller jusque-là. Mais j'acceptai volontiers son tee-shirt. Avec son autorisation, j'empruntai aussi son peigne pour le respirer ou m'en caresser les lèvres dès que nous serions séparés.

15

Le soir, en rentrant dans ce qui était mon lit conjugal pour quelques heures encore, je réussis à ne pas réveiller Anne-Élisabeth. Il est vrai qu'elle était très occupée. Un cauchemar qui l'amena à pousser des petits gémissements, puis des halètements de femme qui accouche. Je m'empêchai de mettre ma main sur son épaule pour la rassurer, comme je l'avais si souvent fait dans le passé. Si près de la rupture, c'eût été de mauvais goût.

Je voulais être seul pour enfouir mon nez dans le tee-shirt de mon très grand amour. Je l'avais disposé sur mon oreiller, comme pour dormir la tête sur le ventre d'Isabella, au milieu de ses parfums. De la main droite, je tenais son peigne que je portais de temps en temps à mes lèvres pour en suçoter les dents.

Ce fut une nuit exquise.

Le lendemain matin, j'aidai Rachid, notre homme de peine, à porter les valises d'Anne-Élisabeth jusqu'au taxi. Quatre grosses valises.

Ses trois fils étaient encore à l'âge où l'on se sent très fatigué dès lors qu'il faut rendre service à sa mère, encore que, dans son cas, elle ne leur demandât jamais rien. Je ne savais pas comment elle se débrouillerait sans moi. Chaque fois que nous partions en voyage, cet excès de bagages était un motif de dispute entre nous. On aurait dit qu'elle déménageait.

J'avais envisagé un moment de les accompagner, elle et ses fils, jusqu'à l'aéroport mais, comme je le lui fis remarquer, ça m'aurait pris près de quatre heures en comptant l'aller, le retour et l'attente à l'enregistrement. Quatre heures que je pouvais mettre à profit pour avancer dans l'écriture d'un de mes romans. Ou bien pour travailler sur la conférence que j'allais donner sur le style de Dostoïevski qui, à mes yeux, n'en avait guère alors même qu'il enchaîna les chefs-d'œuvre.

Anne-Élisabeth m'approuva. Dès que je mettais en avant mes travaux littéraires, elle s'inclinait toujours.

À peine le taxi avait-il tourné au coin de la rue que je sortis mon portable et appelai Isabella. Je lui dis que je n'avais pas fermé l'œil de la nuit, ce qui était presque vrai, et que, après avoir retourné les choses dans ma tête, je me rendais à l'évidence :

« Je veux vivre avec toi.

— N'est-ce pas un peu, comment dire... prématuré ?

— Non, c'est tout réfléchi. J'ai eu toute la nuit pour y penser.

— Donnons-nous encore quelques jours pour prendre une décision.

— Tu verras que ça ne changera rien. »

Quand je retournai à mon bureau, j'écrivis une lettre à Anne-Élisabeth. Il fallut que je m'y reprenne à plusieurs fois. Soit parce que je la raturais. Soit parce qu'une phrase me semblait, soudain, maladroite ou déplacée. Au cinquième essai, je parvins à quelque chose qui, sur la forme en tout cas, ne me parut pas déshonorant :

« Chère Anne-Élisabeth,

Je te respecte trop pour te mentir. Je te dois trop pour être ingrat. Je t'aime trop pour te faire plus longtemps du mal, tant de mal. Je sais que tu le sais parce que tu comprends toujours tout : il n'y a plus rien entre nous, rien que de la routine et de la tendresse qui sont les deux pires ennemies de l'amour. Même si cela me déchire le cœur, je crois qu'il est temps pour nous de prendre du recul, pour bien nous quitter ou, peut-être, mieux nous retrouver ensuite. Ni toi ni moi ne sommes faits pour le mensonge et la médiocrité. Je te propose de ne plus nous appeler dans les semaines qui viennent et de nous retrouver, début septembre, pour faire le point.

Affectueusement,
Antoine. »

Je suis allé poster la lettre moi-même avant de commencer à ranger mes affaires. Je ne me pressais pas. Je ne voulais pas qu'Anne-Élisabeth me retrouve au milieu des cartons si jamais elle rentrait à la maison pour une raison ou pour une autre. Je déteste les scènes de ménage. Au bout de deux heures, après avoir téléphoné à l'aéroport pour m'assurer que l'avion était bien parti, j'accélérai le déménagement.

À 1 heure, j'avais tout fini. Je ne possède pas grand-chose. Comme je l'ai écrit dans mon autobiographie, *Un balcon dans la jungle*, je n'appartiens à personne et rien ne m'appartient. Sauf mes livres.

Quelques mois plus tôt, alors que je ne songeais pas à quitter Anne-Élisabeth, j'avais entreposé la plupart de mes livres dans ma maison de Mérindol, une vieille ferme perchée sur un flanc du Luberon, que ma mère m'avait léguée à sa mort. Officiellement, je voulais ainsi « faire vivre » la maison où j'avais passé mon enfance. Mon épouse m'avait cru d'autant plus facilement que j'en étais moi-même persuadé.

L'avantage avec les livres, de nos jours, c'est qu'ils ne seront jamais volés. Je croyais même qu'ils dissuadaient les malfaiteurs et que leur abondance, à Mérindol, me prémunirait contre les cambriolages qui, du temps de ma mère, ne cessaient pas.

Rachid m'aida à ranger les cartons dans la voiture. Il avait un air de chien battu mais, bien qu'il eût compris mon manège, ne me posa pas plus de questions que je ne lui fournis d'explication. Cet homme avait beaucoup de classe, comme tous les grands taiseux, et, même si je déteste le sentimentalisme humide et solennel de certains adieux, je n'ai pu m'empêcher de l'embrasser avant de partir.

16

Alors que je roulais en direction de Mérindol, j'appelai Isabella et lui annonçai que j'emménageais dans ma maison de famille. Il y eut un silence, puis elle souffla :

« Je suis heureuse, Antoine.

— Moi aussi. »

Je lui expliquai où se situait ma maison avant de la guider au téléphone : elle n'était douée ni pour le repérage ni pour l'orientation.

Elle m'attendait devant la maison. Je me rappelle cette scène avec exactitude. De la voiture, j'aperçois les oliviers du jardin dont le plus vieux n'a pas loin de cinq cents ans : ce sont des amis avec qui j'ai souvent parlé, enfant. Ils ne sont pas loquaces, mais nous nous sommes toujours bien compris. Je tourne à droite pour emprunter le petit chemin qui mène à la ferme et Isabella est là, les bras croisés, avec le sourire un peu cassé qu'on a souvent quand on s'aime et que l'autre vous a manqué. J'avais sûrement le même : celui des enfants qu'on a laissés trop longtemps chez une grand-mère ou chez des amis. Après l'avoir embrassée, je lui demandai quel était son degré d'amour sur l'échelle de Richter.

« Six », répondit-elle avant de m'embrasser encore.

Je craignis, soudain, d'avoir oublié la clé de la maison, mais je la retrouvai dans la voiture. Dès que j'entrai, je fus frappé par l'odeur. Merde, urine, alcool et cigarette ; j'ai pourtant toujours interdit que l'on fume chez moi. L'état du salon me confirma que j'avais été cambriolé. Pas par des professionnels, mais par des vandales.

Après avoir défoncé le volet, puis la porte de derrière, ces jobastres n'avaient rien trouvé, hormis des livres et quelques bouteilles d'alcool, aussitôt sifflées. En conséquence, ils avaient tout saccagé, cassé la vaisselle, pissé sur les murs et déféqué sur le lit de la grande chambre, avant d'emporter un tableau, le téléviseur et la hotte aspirante de la cuisine.

Il me semble que les mots vol et viol peuvent correspondre aux mêmes sensations. À un retour de vacances, après que les voleurs eurent tout mis sens dessus dessous dans son appartement, ma grand-mère était restée des jours entiers, prostrée, à pleurer et à trembler. Je ne pleurais ni ne tremblais mais je ne songeais qu'à prendre un bain et ne plus jamais remettre les pieds dans cette maison. Isabella lut dans mes pensées. Elle lisait toujours dans mes pensées.

« Viens habiter chez moi », dit-elle.

C'est ainsi que je m'installai chez elle, ou plutôt que j'entreposai mes cartons dans son bureau, en me gardant bien de les ouvrir : dans son meublé, je n'aurais pas eu la place pour mes affaires.

Quand j'eus déménagé les cartons, il était 4 heures de l'après-midi. Tout suait sous les cognées du soleil. Les corps, les herbes, les feuilles, même les murs. J'étais en nage et sentais le lapin. Je lui demandai l'autorisation de prendre une douche dans l'installation sommaire qu'elle appelait ainsi.

Pendant que l'eau coulait sur mes épaules, Isabella mit à jouer l'*Ave Maria* attribué sans doute faussement à Giulio Caccini (1550-1618), qu'elle me présenta comme son air préféré et qui me tira des larmes sur-le-champ.

Quand je sortis de la salle de bains, le lecteur jouait encore cet air et j'invitai Isabella à danser. Nous fîmes quelques pas, puis elle me proposa de faire l'amour. Aussitôt, je perdis mes moyens, s'il m'en restait encore. Je n'arrivais toujours pas à redescendre du quatrième degré du violent amour selon Richard de Saint-Victor.

Sur le lit, elle se donna beaucoup de mal, moi aussi, mais nous n'arrivâmes à rien. Je lui proposai de remettre l'affaire à plus tard et elle m'invita à faire une promenade. Nous allâmes nous recueillir devant la tombe d'Albert Camus, puis nous marchâmes un moment sur la route de Cavaillon qu'il aimait, paraît-il, emprunter.

En chemin, elle s'arrêta, prit mes bras et me demanda :

« Pourquoi as-tu peur de moi ?
— Je n'ai pas peur de toi.
— De quoi as-tu peur, alors ?
— Je n'ai pas peur.
— Regarde-toi. Tu sens la peur.
— J'ai peur de l'amour. »

C'était idiot. Je voulais me débarrasser de la question : cela suffit à la rassurer. Elle m'embrassa avec plus d'entrain encore, comme pour me donner du courage.

Au dîner, je bus et mangeai comme un trou, pour prendre des forces avant l'épreuve. Même si j'étais pompette, je me rappelle avec précision cette première nuit où j'arrivai à mes fins. Trop vite, sans doute, mais elle me remercia avant de s'endormir. Elle semblait réconfortée, à défaut d'être comblée.

Moi, je baignais dans un mélange de tristesse et de nostalgie. Je ne cherchai pas à en comprendre la raison que je tentai de noyer dans la moitié de bouteille de limoncello qui avait échappé à la razzia du dîner.

Que reste-t-il de l'amour quand on a fait l'amour ? Une grande conscience française a dit un jour : « Tout animal est triste après l'amour, sauf l'âne et le prêtre » (Ernest Renan).

J'aurais juré que je tenais des deux. Apparemment, c'était faux, tellement je me sentais malheureux.

17

Le matin suivant, quand elle se réveilla, longtemps après moi, Isabella avait le visage fermé, comme si elle n'avait pas fermé l'œil de la nuit. Je compris qu'il ne fallait pas lui parler.

Elle marcha comme une somnambule jusqu'à la chaîne hi-fi et remit à jouer l'*Ave Maria* dit de Caccini qui me tira encore des larmes, comme la veille. J'étais furieux contre moi-même, mais comment faire autrement avec une telle musique ?

Alors que bouillait l'eau de son thé, Isabella me demanda sur un ton boudeur :

« Est-ce que tu m'aimeras autant, maintenant qu'on a fait l'amour ?

— Oui, mais pas de la même façon.

— Pourquoi ? Parce que tu m'as profanée ?

— Non, je n'ai pas eu ce sentiment.

— Sois sincère, Antoine.

— Tu m'as déniaisé. Désormais, je crois que je t'aimerai mieux. »

À partir de ce jour, il me semble que nous avons vécu en communion, respirant au rythme de ce que Posidonius appelle, dans son commentaire du *Timée,* « un souffle unique qui traverse l'univers en son entier à la manière d'une âme ». Longtemps, nos journées ne tournèrent plus qu'autour de notre amour et de nos passions communes. Les promenades en montagne, où la forêt grondait comme une mer, dans une odeur de caramel brûlé. Les albums d'opéra, de rock ou de variétés que nous passions en boucle. Les romans de Jean Giono que je lui avais fait découvrir, *Colline, Le grand troupeau* ou *Un roi sans divertissement,* que nous commentions sans nous lasser.

Nous étions devenus, je le sentais, les incarnations vivantes du mythe que Platon développe dans *Le banquet* quand il fait raconter par Aristophane que Zeus, pour punir les humains de leur insolence, avait décidé de les couper en deux : c'est pour retrouver l'unité perdue que « l'amour s'efforce de réunir deux êtres en un seul et de guérir la nature humaine ».

À croire que l'esprit en fusion de l'Antiquité, Héphaïstos, le dieu forgeron, s'était occupé de nous. Mais, si nous étions fondus, nous n'étions pas guéris. En tout cas, pas elle.

Parfois, elle avait des accès de panique et me serrait dans ses bras, avec une force dont je ne l'aurais pas crue capable. Ils m'annonçaient ce qui allait m'arriver un jour, mais je ne reçus jamais le message. Je croyais que c'était encore là une manifestation paradoxale de l'amour, un vertige ou la peur que tout s'arrête entre nous, sentiment qui m'était totalement étranger. Je suis un incurable optimiste. C'est ma force. C'est aussi ma faiblesse.

18

Depuis la fin de notre très grand amour, il y a quelques semaines, je ne dors plus, en moyenne, que deux heures et demie par jour, rarement davantage. Dans ma maison de Mérindol, je n'arrête pas de commencer de nouveaux romans ou de classer de vieux papiers. Comme je garde presque tout et me contente, la plupart du temps, d'entasser les dossiers, les factures et les journaux le long des murs, je me dis qu'il me faudra trouver une femme de ménage, du genre autoritaire, pour m'obliger à jeter ; faute de quoi, mon domicile ressemblera bientôt à une tanière de hamster. Ma chambre, surtout. Quand je me lève pour mes pissous nocturnes, je suis condamné à allumer la lumière pour ne pas trébucher sur un carton ou un tas de livres.

J'ai toujours mes apparitions. Mais elles n'ont plus rien à voir avec celles du début de notre très grand amour. Elles sont désormais furtives et déprimantes. Isabella se tient à une distance respectueuse, le regard éteint, l'air inexpressif.

Souvent, sa figure me fait l'effet d'une saleté dans les yeux et je me frotte les paupières pour m'en débarrasser; et c'est, sans doute, pour fuir le visage de mon chagrin que je reste si rarement au lit, pendant mes insomnies. Je m'occupe, je range, je classe, mais je rechigne toujours à éliminer. Je suis quelqu'un qui s'attache.

Il m'arrive de trier les piles de papiers plusieurs fois de suite. Une nuit, entre des vieux journaux et une chemise bourrée de relevés bancaires, je suis tombé sur une tartine de pain grillé. Avec de la confiture de groseilles. Ou bien de framboises. Ma grande mâchoire américaine avait laissé dessus son empreinte, preuve que j'en ai mangé au moins une bouchée avant de l'oublier là, au milieu de mes papiers. Une autre nuit, j'ai trouvé la moitié d'une tablette de chocolat dans une boîte à chaussures pleine de coupures de presse concernant l'un de mes romans, *Un amour de retard*, (1 072 exemplaires vendus). La chaleur de l'été aidant, le chocolat avait fondu et s'était répandu sur un grand article paru dans un quotidien régional, recouvrant en partie la photo de moi, en gros plan, qui l'accompagnait. Mauvais signe.

Je mange beaucoup, la nuit, quand j'essaie de mettre de l'ordre dans mes affaires. C'est normal. J'ai faim parce que je fais du sport. Deux à trois heures de vélo par jour. Parfois davantage. La bicyclette me lave la tête. Bien sûr, je broie du noir quand je pédale. Souvent, même, je parle tout seul, sur ma selle. Je dis des phrases stupides que j'ai honte de ne pouvoir ravaler : « Saloperie, va. » Je les prononce plusieurs fois dans la journée — jusqu'à trente fois, j'ai compté — et elles résument assez bien mon état d'esprit. Je suis en train de devenir idiot.

Sans la bicyclette que j'enfourche chaque matin, je crois que je serais, de surcroît, devenu dingue, du gibier de psychiatre, pendant mes vacances provençales, après qu'Isabella m'eut signifié mon congé. Chaque fois que je monte en selle et pose mes mains sur le guidon, j'ai le sentiment de redevenir un homme. Il n'y a que sur mon vélo que je me respecte. C'est pourquoi je passe tant de temps dessus.

Je me prends pour Lance Armstrong, le champion des champions cyclistes, sept fois vainqueur du Tour de France. Bête noire de la presse qui l'a souvent accusé, toujours sans preuve, de dopage. Foutaises. Il n'y a qu'un cancéreux qui peut comprendre la rage qui lui donne des ailes. Je tiens d'un grand professeur qui a eu jadis son dossier entre les mains qu'il était condamné par la médecine après qu'elle eut diagnostiqué un cancer des testicules avec des métastases au cerveau et aux poumons. Il s'en est miraculeusement sorti et, depuis, électrisé par les rayons de la radiothérapie, il se venge. Contre sa maladie, contre ses ennemis, contre la terre entière.

Lance et moi faisons partie, comme tant

d'autres, des mêmes associations secrètes : la M.A.C. (Merde au cancer) et la N.T.C. (Nique ton cancer). On déteste tellement le cancer que je me demande si on n'en vient pas à détester tout le monde.

Pendant mes balades à vélo, j'ai sans cesse des idées de romans que je note sitôt rentré chez moi. J'en ai mis sept en route, que j'écris simultanément : *La bonde de Lauris*, *Le jujubier de Mallemort*, *L'Italienne*, *La vengeance de Tantale*, *Service compris*, *Est-ce que ça sera comme ça jusqu'à notre mort ?* et *Dernier arrêt avant terminus.* Ils sont souvent bien avancés. Mais, ces derniers temps, j'ai commencé aussi une série d'ersatz de livres : un titre, parfois un exergue et deux ou trois paragraphes, jamais plus.

Ce soir, j'en ai entamé deux, après avoir dîné, seul, d'un fromage de chèvre en regardant le journal télévisé. D'abord, *Un crime en Provence*, qui commence ainsi : « Ce soir-là, en rentrant chez moi, le vent s'était arrêté, les arbres retenaient leur souffle et je marchais très vite comme quelqu'un qui, depuis qu'il s'est levé, ne songe qu'à se recoucher. » Ensuite, *L'amour à mort* dont j'ai juste écrit la première phrase : « Je n'aurais jamais dû tomber amoureux, mais l'amour ne m'avait pas demandé mon avis. »

Je n'ai pas pu continuer. J'ai été interrompu. Une bestiole marron, moitié cafard, moitié scarabée, est sortie, affolée, de l'emballage en plastique transparent d'un biscuit au chocolat écrabouillé par un empilement de chemises cartonnées. Je l'avais rapporté d'un voyage en avion aux États-Unis, quatre ans auparavant. J'ai la manie de ne jamais refuser les gâteaux que les hôtesses de l'air proposent aux passagers. Mais je ne les mange pas.

J'ai réussi à écraser la bestiole avant qu'elle ne parvienne à se dissimuler sous un meuble ou une pile de papiers. Quelques minutes plus tard, j'en ai trouvé une autre dans la salle de bains et elle a subi le même sort. Depuis qu'Isabella m'a mis au rebut, j'ai le sentiment d'attirer toutes les bestioles de ce genre. Les mites, les acariens, les mouches, les moustiques. J'attends de main ferme les puces et les poux.

J'ai passé une grande partie de la nuit à exterminer ces rognures de la Création. Treize en tout. Après quoi, avec le sentiment du devoir accompli, j'ai décidé de relire *Vingt-quatre heures de la vie d'une femme* de Stefan Zweig. À peine l'avais-je ouvert qu'un petit papier est tombé. Il était plié en quatre. Isabella y avait dessiné un cœur au milieu duquel était écrit, en lettres capitales : « Je t'aime. »

Je suis resté en arrêt un instant devant le cœur, puis j'ai rangé le roman, avec le papier, dans un rayon difficilement accessible de la bibliothèque, tout en haut, là où je place les livres que je ne relirai plus.

19

Nous passons notre existence à nous emplir la mémoire qui finit par ressembler à ces boutiques de brocanteur où on ne peut plus faire un pas sans buter sur quelque chose. Il est alors temps de mourir.

C'est le pressentiment qui me saisit devant les photos de mon passé. Jusqu'alors, je les jetais dans les tiroirs d'un meuble de bateau, près de mon lit. Je les ai étalées sur le parquet de ma chambre pour les classer. Par genre et par année. La tâche me semble surhumaine.

J'ai décidé de constituer des albums. Sur toutes les périodes de ma vie. Mes amours, mes enfants, mes maisons, mes rencontres. Sur Isabella, je ne sais. En attendant d'aviser, j'ai glissé dans une grande enveloppe les photos que j'avais prises d'elle pêchant au lac d'Esparron, dans le Verdon, au commencement de notre histoire.

Je les ai regardées une dernière fois, comme pour leur dire adieu. Isabella fixe l'objectif de l'appareil avec cette moitié de sourire, doucement ironique, qui m'a transporté dès le premier jour. Elle me mange des yeux et m'aime pour la vie, son regard en fait le serment.

Ce regard et ce sourire m'ont accompagné pendant six ans. Dans notre maison de Provence, surtout. Avec mes maigres économies, j'ai acheté une petite ferme à Mallemort, tout près de Mérindol. Il y a seulement la Durance à traverser. Isabella ne voulait pas emménager dans la bastide familiale où avaient défilé toutes mes femmes précédentes, Anne-Élisabeth exceptée. Il fallait que je fasse table rase pour fonder quelque chose. Avec des meubles neufs.

C'était une propriété sans caractère et même assez moche, coincée entre un pont et une route, avec des cerisiers et des abricotiers au-dessus desquels trônait un grand tilleul. Isabella n'aimait pas quitter les limites du terrain. Elle m'aurait bien enfermé pour la vie avec elle, nos enfants, les chèvres et la chatte, mais il fallait bien que je sorte pour subvenir à nos besoins.

Elle trimait aussi, mais dans son bureau. Adepte du télé-travail, elle assura un temps la comptabilité de plusieurs artisans de Bologne avant de commencer à écrire, pour presque rien, les chroniques d'un pseudo-intellectuel qui sévit dans beaucoup de journaux, un peu partout dans le monde. Ne recevant pas d'instructions, elle choisissait les sujets elle-même, et ses articles étaient toujours publiés tels quels. Je ne crois pas que le prétendu auteur les ait jamais lus. Comme elle travaille encore pour lui, je ne peux donner son nom mais je me ferai le plaisir de le dénoncer un jour.

Elle faisait aussi des recherches sur Albert Camus, pour un livre qu'elle préparait sur sa philosophie et qui serait dédié, m'avait-elle annoncé, à son père adoptif, Papito.

Je continuais à enseigner. La première année, il était trop tard pour obtenir une mutation. J'ai donc continué mes cours de philosophie à Avignon. La deuxième année, je me suis reconverti en professeur de français à Cavaillon. La troisième année, j'ai réussi à arracher une chronique dans une émission de télévision de troisième partie de soirée, *On ne vous a pas tout dit*, où je dégommais les invités : on m'avait surnommé la Teigne. En même temps, j'enseignais l'anglais dans un collège difficile de Salon-de-Provence. À ma grande surprise, avec mon mélange imprévisible de laxisme convivial et d'autoritarisme pervers, j'y fus plutôt bien apprécié par les élèves.

L'un d'eux, un Noir de deux mètres et quelques, me donna un jour la clé de ma popularité :

« Tu veux que je te dise ? T'es comme nous.

— En quoi ?

— T'es en vrac. »

C'était bien vu. Je croyais pourtant avoir réussi à faire illusion. Depuis que j'avais rencontré mon très grand amour, j'étais ponctuel, sobre (du moins dans la journée) et bien rasé. Sans parler des cheveux que j'avais plus courts, parce que Isabella les préférait comme ça. « C'est plus propre », disait-elle.

J'étais même marié. Je le fus souvent, il est vrai. Mais, cette fois, il me semble que je l'étais un peu plus que d'habitude. C'était un mariage pour toujours.

J'y étais allé à reculons. Je savais bien qu'on épouse toujours quelqu'un d'autre. Je dois reconnaître que me trotta longtemps dans la tête un échange avec Alain, mon meilleur ami, un conseiller en communication à lunettes, coiffé à la Beethoven, avec des épis à l'arrière du crâne et souvent vêtu, même en été, d'une veste de velours côtelé. Il a beaucoup d'entregent et de relations. Mais, contrairement à son engeance, il est d'une fidélité à toute épreuve, surtout quand on traverse une mauvaise passe. Même si ses ennemis disent qu'il achète à la baisse, je sais que je pourrai toujours compter sur lui. J'ignore ce qu'il me trouve. En attendant, le jour où j'aurai tué quelqu'un, c'est lui que j'appellerai pour enterrer le cadavre. Il ne perdra rien de sa bonne humeur : ses yeux n'arrêtent jamais de rire. Je suis sûr qu'il mourra en riant. Il est bien plus intelligent que moi et m'en apporta encore la preuve le jour où je lui annonçai ma décision de me marier.

« Cette histoire est ridicule, dit-il en tripotant sa petite moustache de bellâtre. Tu as vu ton âge ?

— L'amour n'a pas d'âge.

— Parce qu'il est aveugle. Regarde-toi un peu. Cette femme pourrait être ta fille.

— Et alors ?

— Eh bien, ça ira tant que tu seras son père mais, tu verras, elle ne te supportera plus quand tu auras l'air d'un grand-père et ça ne saurait tarder, vieille branche. L'âge vient, tu sais, et à la fin il court. »

L'âge ne changeait pas grand-chose à l'affaire. Pardon de me citer encore, mais il me revient une phrase de mon roman, *La nuit d'Oppède*, qui résume bien ma pensée : « Le mariage est le tombeau de l'amour, les enfants en sont les fleurs. »

Le jour de nos noces, mes cinq enfants (de trois lits différents) faisaient des mines d'enterrement et j'avais le sentiment d'assister à mes propres funérailles. À la mairie et puis aussi au dîner, pendant les discours. Pour ce nouveau mariage, je n'avais, bien sûr, pas eu l'indécence de me montrer à l'église. Dieu m'aurait tué.

Je vérifiais dans ma chair la formule de Julien Green qui s'amusait que « Dieu ait inventé cinq sacrements et un piège ». Le mariage, s'entend. Je me sentais fait aux pattes. C'est pourquoi j'ai tellement bu ce soir-là. J'avais, sous la langue, un mauvais goût que je ne parvenais pas à dissiper dans l'alcool. J'avais aussi les jambes lourdes quand, après la pièce montée, Isabella et moi avons dansé sur nos airs préférés : *You Really Got Me*, des Kinks, *I Get Around* des Beach Boys, *Satisfaction* des Rolling Stones, *Unchained Melody* des Righteous Brothers, *We are family* des Sister Sledge, *Billie Jean* de Michael Jackson et *Until the End of Time* de Tupac Shakur.

Mon fils aîné, Frédéric, qui a hérité de ma bonne descente, m'avait fait la morale :

« Papa, tu devrais arrêter de boire.

— Quand je suis malheureux, il faut que je boive. Et quand je suis heureux aussi…

— Tu es heureux ?

— Il n'y a que les imbéciles qui peuvent répondre à cette question.

— Alors, essaie de l'être. Fais semblant. Il faut que tu te poses, papa. Il est temps. »

Mon fils est très paternel. Je me souviens avec précision de son regard, à cet instant : le regard du père qui a peur pour son fils. Chaque fois que ça va mal, je le sens à nouveau sur moi, et il me donne des forces.

Ma fille aînée, Sylvie, une universitaire au sourire frondeur, avait été plus directe encore :

« Papa, j'espère pour toi que c'est ton dernier mariage. »

Quand je suis arrivé au lit, pour notre nuit de noces, j'étais tellement ivre que je me suis endormi, sans prendre la peine de retirer mon slip ni mes chaussettes, pour me réveiller, quelques heures plus tard, sous une tempête de baisers comme je n'en ai plus connu ensuite.

Je reste un long moment à regarder les photos du mariage. Dessus, j'ai l'air absent. Je ne suis que l'ombre qui suit Isabella mais elle ne semble pas le remarquer, aveuglée par sa béatitude. Si je l'avais épousée tous les jours, je suis sûr que notre très grand amour aurait duré plus longtemps.

Après avoir uriné assis, sans regarder la cuvette, je baisse les yeux, juste avant de tirer la chasse d'eau. J'ai pissé rouge, les toilettes sont pleines de sang, comme si on venait d'y saigner une volaille.

Curieusement, cette vision m'a aussitôt apaisé. Je me suis couché et endormi comme un enfant.

20

Deux heures plus tard, à mon réveil, j'aperçois un serpent glisser entre les tas de photos, par terre, dans mon bureau. Une grosse couleuvre grise. L'ennemie jurée des grenouilles et des crapauds, mes amis. Je me lève en poussant un cri d'horreur, pour les avertir. Elle file sous le lit d'où je tente de la déloger avec un manche à balai, avant qu'elle ne disparaisse sous une montagne de linge sale que je fouille sans succès.

Sans doute une hallucination. J'en ai souvent, ces temps-ci. Je ne sais si c'est l'abus d'alcool ou le manque de sommeil, mais je ne vois plus le monde comme avant. Tout me parle. Les arbres et les herbes, les meubles et les assiettes, la lune et la constellation du Scorpion. Même les vieux habits et les bouteilles vides. J'ai de longues conversations avec eux. Jusqu'aux larmes. Je suis bien conscient de lasser tout le monde avec mes histoires. C'est pourquoi je me soigne. À l'alcool.

Après avoir bu au goulot plusieurs gorgées de vodka, je tombe en arrêt sur une photo de moi, l'œil au beurre noir, la lèvre violacée, le visage tuméfié. C'est Isabella qui l'avait prise, le jour où je m'étais fait tabasser par le fils aîné d'Anne-Élisabeth, au commencement de notre très grand amour.

Jonathan était venu m'attendre à la sortie de mes cours, au lycée d'Avignon, le premier jour de la rentrée. J'aurais dû me méfier. Il arborait un grand sourire, ce qui n'était pas habituel chez lui, du moins avec moi.

« Je voudrais qu'on se parle, dit-il.

— Volontiers. »

Il me proposa d'aller boire un verre avec lui au café du coin.

« Ma mère est très malheureuse, poursuivit-il en marchant.

— Moi aussi.

— Tu devrais revenir.

— Je ne peux pas.

— Pourquoi ?

— Quand on est parti, on ne revient pas. »

Il changea de ton :

« Le pardon, ça existe.

— Pas en amour, Jonathan. »

Je continuai à marcher. Il me prit par la manche pour ralentir mon pas.

« Tu connais ma mère, reprit-il. Elle te pardonnera. Elle pardonne tout.

— En amour, tout est toujours foutu au premier manquement.

— Qu'est-ce qui te permet de dire ça ?

— L'expérience.
— Tu es conscient du mal que tu fais?
— Oui et je le regrette. »
Il avait lâché mon bras. J'accélérai.
« S'il y en a un qui ne devrait pas se plaindre, dis-je, c'est toi. Tu as eu ce que tu voulais, finalement. »
Il n'a pas répondu. Au bout d'un moment, il m'a doublé et s'est mis en travers du trottoir, les bras croisés, avec un air de deux airs :
« Tu sais pourquoi j'ai fait de la musculation pendant toutes les années où tu as vécu chez nous?
— Non.
— Parce que je savais qu'un jour je te casserais la gueule. »
Alors, il s'est mis à me frapper. À la tête, d'abord, et quand je suis tombé, au deuxième coup de poing, il m'a fini au pied, en m'abreuvant d'injures.
J'ai bien essayé de me défendre, mais il était trop fort pour moi. Trop en colère aussi. Sous tant de fureur, il y avait beaucoup d'amour, j'en suis sûr. La plupart des enfants attendent que vous soyez mort ou parti pour commencer à vous aimer. C'était son cas.
Pendant que Jonathan me frappait, six passants — je les ai comptés — nous ont contournés en fuyant mes regards implorants. Je me demande si je n'aurais pas fait de même. Il vaut toujours mieux laisser le justiciable subir sa peine.

J'attendis que Jonathan se fût éloigné pour bredouiller :

« Tu passeras le bonjour à ta mère. »

Dieu sait pourquoi, je crus bon d'ajouter :

« Nous allons bientôt divorcer. Mais, rassure-toi, je repars sans rien. Je laisserai tout, comme d'habitude. »

Il revint sur ses pas. Je détalai mais il me rattrapa, me prit le bras, puis me regarda avec des yeux pleins de compassion.

Je vis même des larmes au fond de ses orbites. Je ne pouvais plus douter qu'il m'aimait. Je faillis lui dire que ce qui tue l'amour et les mariages, c'est la certitude qu'ils sont réussis. Ce que nous avions trop longtemps cru, sa mère et moi. Subitement envahi par un immense sentiment de nostalgie, j'eus même envie d'embrasser Jonathan et de le serrer dans mes bras. Mais la colère d'avoir été battu reprit le dessus et je murmurai comme pour moi-même, quand il se fut éloigné :

« Connard. »

21

Jusqu'au petit matin, j'ai rêvassé, allongé, à genoux ou à quatre pattes, sur les photos de notre bonheur mort. J'ai revu le ciel et la terre au temps où ils me grisaient, au point qu'il m'arrivait parfois, lors de promenades en montagne, à la tombée du jour, quand les lièvres et les renards commençaient à danser, de crier de joie sur mon promontoire, comme les oiseaux ou les bergers.

« Il faut profiter de la vie pendant qu'il en est encore temps », disait Isabella.

Je profitais. Souvent, je me dis que les six années de notre très grand amour furent mes plus belles années. Nous tirions le diable par la queue, je n'arrivais pas à payer chaque mois ma pension alimentaire pour Mehdi mais, bon, c'était bien.

Je n'écrivais presque plus. La vie me prenait trop de temps. Je ne crois pas que la littérature en souffrait. Moi non plus.

Héraclite a bien résumé le drame de l'espèce humaine : « On ne se baigne jamais deux fois dans la même eau. » Il n'y a pas d'autre explication à la mélancolie et aux regrets qui, sans cesse, nous serrent le cœur. Avec Isabella, je me baignais toujours dans la même eau. Le bonheur, c'est l'illusion que rien ne passe et que tout demeure. J'étais heureux.

Tout s'était arrêté, dans notre maison de Provence, à commencer par le temps. Les jours se ressemblaient; ils étaient tous voués à l'amour. Isabella n'était toutefois pas rassurée. Elle avait un mauvais pressentiment, celui qu'exprima un jour l'ethnologue Claude Lévi-Strauss dans une conférence qu'elle citait volontiers et dont elle avait photocopié le texte qu'elle distribuait à tout le monde.

Lévi-Strauss y prétend qu'avec l'explosion démographique l'humanité est en train de creuser sa tombe : après avoir fait disparaître des tas d'espèces animales ou végétales, elle a compris qu'elle ne pourrait jouir indéfiniment des ressources terrestres et commence à se haïr elle-même. Elle ressemble de plus en plus, assure-t-il, à « ces vers de farine qui s'empoisonnent à distance dans le sac qui les enferme bien avant que la nourriture commence à leur manquer ».

Pour obsédée qu'elle fût par la métaphore des vers de farine tués par leurs propres toxines, Isabella mit quand même deux filles au monde, Maria et Alessandra. Je me rappelle avoir pleuré longtemps de joie après les accouchements. Chaque naissance de mes sept enfants aura été le plus beau jour de ma vie. J'aurais dû être une femme.

Je connais beaucoup de pères qui me font penser à Paul Léautaud, l'auteur de cette grande formule : « Lorsque l'enfant paraît, je prends mon chapeau et je m'en vais. » Moi, au contraire, je prends une chaise et je reste à le regarder. Je suis une mère manquée.

Toutes les femmes de ma vie étaient de bonnes mères et, s'il m'est arrivé d'essayer d'imposer, à leur détriment, mon instinct maternel, j'ai toujours fini par leur laisser, auprès de l'enfant, la place qui leur revenait. La première. Ce pouvoir-là ne se partage pas.

Isabella aimait nos enfants comme elle m'aimait, d'un amour absolu, de tous les instants, qu'elle dispensait avec une patience infinie, sans jamais élever la voix, ce qui ne l'empêchait pas d'exercer sur nos filles une réelle autorité. Je n'ai jamais compris comment elle faisait.

Il me suffit de fermer les yeux pour entendre rire Maria et Alessandra, dans notre jardin de Mallemort, au temps de notre très grand amour.

Avec leur beauté douce, tout en ovale, elles ressemblent à leur mère mais elles ont aussi mon expression d'égarement chronique parce qu'elles sont, comme moi, insomniaques. J'ai une belle photo d'elles en train d'observer une fourmilière, prise depuis le transat d'où je les surveille du coin de l'œil, après le déjeuner du dimanche.

Je me souviens bien de cette journée. Notamment des calamars que j'avais préparés à ma façon, en les faisant cuire dans leur jus mauve, sans rien ajouter, ni sel ni ail. Nature. Je suis dans ma période nature.

Nous avons un potager où je cultive de grosses tomates du Caucase que le soleil balafre et dont les blessures suppurent un jus sucré avant de cicatriser, puis de couler de nouveau. Elles ont des têtes de vieux guerriers. Je ne cultive que des légumes de ce genre. Des plaies saignantes, mangées vives par les limaces et les escargots. Rien à voir avec les prétendus primeurs des grandes surfaces, des matières fadasses, pleines de pesticides et conchiées par des usines à produire incontinent, si j'ose dire. Je n'en voudrais pas pour mes chèvres.

Cosette et Suzette, les chèvres en question, sont l'insolence et la drôlerie incarnées. Je ne les mène jamais au bouc : je m'épargne le chagrin d'avoir à me débarrasser de chevreaux que je ne pourrais garder sur mon terrain, trop exigu, et qui iraient fatalement au couteau.

Des deux, Suzette est la plus coquine. Elle adore embrasser Isabella. Je ne parle pas de bisous, mais de vrais baisers avec la langue. La chèvre y a pris goût et, le soir, elle vient cogner ses cornes contre la porte de la maison pour réclamer son dû.

Je les ai prises en photo pendant qu'elles s'embrassaient, Isabella et elle. Des amoureuses. La chèvre semble rire en tortillant du derrière.

Devant les spectacles de ce genre, je me dis que je la regretterai, cette planète. Là, à l'ombre de mon tilleul, rien ne me permet de penser que nous vivons dans un monde en cours de démolition. Au contraire, il ne cesse de chanter sa joie de vivre, au rythme des cigales.

Je plains les cigales qui vivent pendant des années sous terre, aveugles et solitaires, en se gorgeant de la sève des racines et en creusant de leurs pattes crochues des galeries qu'elles cimentent avec leur urine. Quand enfin elles remontent à l'air libre, c'est, sitôt transformées de larve en mouche, pour se reproduire et puis mourir. Trois à six ans dans la nuit de la terre et un mois, un seul, à la lumière, ce n'est pas une vie.

Les cigales seraient fondées à se plaindre auprès de Dieu, comme sainte Thérèse d'Ávila : « À la manière dont vous traitez nos amis, je comprends que vous n'en ayez pas beaucoup. » Mais non, elles ne savent pas s'apitoyer sur elles-mêmes. Elles ne sont pas de notre temps.

Elles ont des chants pour dire leur inquiétude, leur colère ou leur irritation, mais j'aime surtout leur appel à la fornication dans l'air brûlant, tandis que sourdent dans le dedans de la terre les grattements et les grignotements des générations à venir.

Je respire à l'unisson des cigales, des herbes et des feuilles et m'emplis, à chaque goulée, de tout l'amour du monde. Il coule du ciel, pépie avec les oiseaux, court dans les champs de blé, rit dans le lit des ruisseaux et finit sa course dans ma poitrine.

J'avais toujours rêvé que la vie m'attend, depuis le temps que je lui courais après. Maintenant, je sais que je l'ai rattrapée. Il me semble que j'ai construit quelque chose de définitif et d'indestructible. Je ne doute pas que je passerai toute ma vie avec Isabella et même encore après. Ni que l'éternité ne sera jamais assez longue sous les caresses de son regard.

C'est peut-être pourquoi j'ai souvent l'air si stupide sur les photos qu'Isabella a prises, à l'époque. Elles me mettent mal à l'aise. Je les range dans le tiroir de ma table de nuit, sous des factures et des contrats d'éditeurs.

Il est temps de me rendormir. Je finis la bouteille de vodka. J'en bois une par nuit, ces temps-ci. Je me suis toujours enivré un peu pour trouver le sommeil mais, depuis la mort de notre très grand amour, je passe les bornes. Avant de me recoucher, j'ouvre une chemise cartonnée, « Lettres d'amour », et commence à en lire le contenu.

Je les ai lues si souvent que je les connais par cœur, mais je frémis encore en entrant dedans, fier d'avoir été aimé par une femme comme Isabella. Elle parle de son cœur qui fait des culbutes, de ce qu'elle cherchait depuis toujours et qu'elle a enfin trouvé en moi. Elle m'appelle « mon homme, mon amour ». Les deux sont morts en moi et j'entame une bouteille de pastis, avant de noter sur une page de journal le titre du roman que je commencerai demain : *Vie et mort d'un grand amour.*

22

Il n'y a pas de mariage sans voyage de noces. Quand je lui proposai une virée en voiture à Bologne, sa ville natale, Isabella refusa avec mauvaise humeur. Elle n'avait toujours pas digéré l'assassinat de Papito, son beau-père, par des cambrioleurs.

« C'est vraiment une idée saugrenue, dit-elle.
— Ne veux-tu pas rendre visite à ta mère ?
— Ma mère est morte.
— Pardon, j'avais oublié. »
Elle me fusilla du regard :
« Je n'aime pas ce ton ni cet humour.
— Excuse-moi, mon amour. »

Avec elle, je m'excusais tout le temps. Je crois qu'elle aimait bien. Elle me rêvait en chien couchant, à la botte, éperdu d'amour. Avec elle, j'étais souvent comme ça.

C'est ainsi que nous nous sommes retrouvés à Florence au sein d'une invasion de touristes américains qui avaient décidé de faire de la Toscane le cinquante et unième État de leur pays.

Le premier jour, Isabella prétexta un mal de tête pour rester dans la chambre d'hôtel et devant la télévision, avec les comprimés de paracétamol que je lui avais achetés dans la pharmacie la plus proche. J'allai visiter seul la Galerie des Offices où j'ai pris des notes, dans la perspective d'un livre que je n'ai pas écrit et n'écrirai sans doute jamais. Ainsi, à propos des toiles de Sandro Botticelli (1445-1510) :

Naissance de Vénus.
Tristesse de Vénus. En sortant de son coquillage, elle se demande ce qu'elle fait là. Elle a le regard perdu, nostalgique aussi. Elle veut retourner d'où elle vient.
Pallas et le Centaure.
Pallas a beau avoir le dessus sur le Centaure, elle semble au bout du rouleau. On dirait qu'elle se retient pour ne pas éclater en sanglots.
Le Printemps.
Elle n'en peut plus. Elle attend quelqu'un qui ne vient pas. Apparemment, elle se fiche pas mal d'être le printemps.
L'Annonciation.
La Vierge a le teint gris, cadavérique. Elle tend les mains, non pour saluer l'archange Gabriel, mais pour amortir sa chute, parce qu'elle sait qu'elle va bientôt tomber d'inanition.

C'est devant la *Vénus d'Urbino* du Titien, quelques salles plus loin, que j'ai été pris d'un malaise. Je crus même que j'allais mourir. Un mélange de panique, d'oppression et de vertige. Quelque chose me serrait et m'emmenait en même temps, comme des griffes d'aigle, tandis que je me vidais de moi-même. Un infarctus. Même si je n'éprouvais pas de douleurs à l'épaule et au bras gauche, j'étais sûr d'avoir tous les symptômes de la crise cardiaque.

Tant bien que mal, avec une contenance un peu raide d'ivrogne de carrière, je montai dans un taxi et demandai au chauffeur de me conduire à l'hôpital avant d'enfoncer mes ongles dans le siège pour garder conscience. Je partais, revenais, repartais. Mon corps ne savait pas ce qu'il voulait.

Quand le taxi arriva aux urgences, il me sembla que j'étais entre la vie et la mort. Le chauffeur se servit dans mon portefeuille pour se payer la course et m'amena en me soutenant par l'épaule jusqu'à l'hôpital où, sitôt la porte franchie, je m'étalai de tout mon long.

Je revins au monde, un moment plus tard, sous l'œil bienveillant d'un médecin italien avec un visage mou au milieu duquel trônait un nez d'enfant, pas fini. Après m'avoir examiné et interrogé, il décida que j'étais atteint du syndrome de Stendhal. La densité d'œuvres d'art à Florence, m'expliqua-t-il, provoque souvent des troubles de ce genre, chez les touristes. Il y a même plus de dix hospitalisations par an.

« Qu'est-ce qu'a Stendhal à voir là-dedans ? demandai-je.

— Il raconte dans son journal qu'en visitant l'église Santa Croce il avait brusquement été obligé de sortir, tellement insupportable était l'émotion qu'il ressentait. »

Quand, de retour à l'hôtel, je racontai l'histoire à Isabella, elle a commenté :

« Moi, ce ne sont pas les œuvres d'art qui me mettent dans cet état, ce sont les gens. Quand il y en a trop, je ne peux plus respirer.

— Tu es agoraphobe ?

— Je n'ai jamais cherché à creuser la question. Je n'aime simplement pas la ville, ni la foule.

— C'est pour ça que tu n'as pas quitté la chambre ? »

Elle hocha la tête avec un sourire douloureux.

« Et si tu refuses de prendre l'ascenseur, c'est parce que tu es claustrophobe ? »

Elle hocha de nouveau la tête mais cette fois sans sourire. On aurait dit que ce geste lui avait fait mal. Elle détestait se dévoiler et elle venait de le faire sans y avoir réfléchi, presque par inadvertance. Par la suite, ces deux travers — l'agoraphobie et la claustrophobie — allaient souvent la jeter contre moi, avec des airs de biche chassée. J'aimais ces terreurs subites. Elles me donnaient l'illusion d'avoir une main sur elle.

23

Nous avons terminé notre voyage de noces dans la campagne toscane et, au retour, nous n'avons plus jamais parlé de cet épisode. Isabella avait peur de presque tout et, plus particulièrement, de sa peur mais, au lieu de chercher à la dominer, elle pratiquait la dérobade, l'évitement. Comme Épicure, elle ne souffrait pas que l'on parle, sous notre toit, de Dieu et de la mort, deux ennemis du plaisir qu'ils réfrènent, quand ils ne le brisent pas, puisque nous craignons l'un et l'autre.

Isabella était épicurienne. Il ne fallait jamais parler, à table ou ailleurs, de ce qui pouvait nous menacer ou nous fâcher. Comme le philosophe grec qui a théorisé le bonheur vrai, elle savait qu'il consiste, plutôt que de se prendre la tête, à regarder la mouche que remue un petit vent aux mains baladeuses en écoutant la société des êtres vivants haleter, gigoter ou grignoter dans les arbres et sous les pierres.

Le mercredi, quand je montais à Paris enregistrer ma chronique pour l'émission télévisée de troisième partie de soirée, je faisais mon plein d'humanité. Le reste de la semaine, je m'en retranchais sous le magistère d'Isabella. Elle était jalouse de tout, fût-ce d'un brin d'herbe, si mon regard s'y attardait. De surcroît, la vie sociale n'était pas son fort, et pour cause. Au restaurant, elle n'acceptait de déjeuner qu'en terrasse. À l'intérieur, elle avait des suées et la tremblote. Au cinéma, elle ne pouvait s'asseoir qu'en bout de rangée afin de pouvoir s'enfuir plus facilement en cas d'incendie, d'attentat ou d'attaque au mortier.

Isabella avait la phobie des avions, du métro, des églises, des araignées, des vaccins, des concerts, des tunnels, des musées et des rassemblements de plus de quatre personnes. Ça m'amusait et, souvent, m'arrangeait.

Nous formions ce que les psychanalystes appellent un couple thérapeutique. D'un côté, j'étais le patriarche, le protecteur et l'infirmière, une infirmière attentionnée, sans cesse sur le pont. C'est plus fort que moi, je ne me rassure qu'en rassurant les autres et elle se sentait bien sous mon aile; surtout quand elle tombait malade, ce qui arrivait souvent, car elle attrapait tout, les rhumes, les grippes, les sinusites. J'aimais qu'elle se pelotonne contre moi, le nez coulant ou la respiration ronflante. Dans une autre vie, je fus un mouchoir en papier ou quelque chose de ce genre, mais jamais je n'aurais cru qu'elle me jetterait aussi vite après usage.

D'un autre côté, elle était mon professeur de bonheur et ne songeait qu'à me couper du monde qui, malgré mes insuccès littéraires, menaçait de m'envahir encore. Je me souviens de son soulagement chaque fois que je lui annonçais mes nouveaux échecs personnels. Un chasseur de tête m'avait contacté pour diriger un magazine régional : la proposition tourna court, le propriétaire du titre m'ayant jugé aigri et imprévisible. Je fus également approché pour présenter une émission « d'information et d'humour », un nouveau concept, paraît-il : après m'avoir rencontré, les producteurs ne voulurent plus entendre parler de moi ; ils m'avaient trouvé « ringard ». Sans doute aimait-elle me voir appeler dans le vide mes « grands amis » d'antan qui, en voyage ou en réunion, selon les jours, restaient tous injoignables. Isabella ne consentait à recevoir, et toujours sans mauvaise grâce, que ma famille. Mes enfants, mes frères ou mes sœurs. Même mes cousins. Je me sentais au septième ciel dans le petit nid qu'elle avait construit contre la terre entière. Je m'y voyais pour toujours et j'y vivrais sûrement encore si quelque chose ne m'en avait fait subitement tomber.

J'y viendrai mais, auparavant, il me faut parler des hommes de ma femme.

24

Le 7 septembre ****, à la tombée du soir, alors que je désherbais mon potager, une voiture se gara devant la maison et un homme à la cinquantaine et à la calvitie avancées en descendit.

Un Italien. Je le sus tout de suite, à cause de son élégance naturelle. Bien qu'habillé légèrement, avec une veste de lin chiffonnée, il avait de la classe. Je me dirigeais vers lui, ma binette à la main, quand il me demanda dans un français parfait :

« Bonsuar. Est-ce ici qu'habite Isabella ?

— Oui.

— Je m'appelle Pietro. Pouis-je lui parler ?

— Évidemment.

— Je souis un ami.

— Un ex ? osai-je.

— Si vous préférez.

— Pas de problème, je suis sûr qu'elle sera contente de vous voir.

— Excousez-moi de ne pas vous avoir prévenou de mon arrivée, mais je ne me souis décidé qu'au dernier moment.

— Pas de problème », répétai-je.

Sa poignée de main avait été rugueuse et puissante. Vérification faite, il était pourvu de grosses pattes calleuses de travailleur manuel. J'en conclus qu'il était maçon. Isabella m'avait parlé un jour de ses amours avec deux maçons. Deux frères. À la suite, bien entendu, pas en même temps.

En fait, Pietro était menuisier. Je l'appris pendant le dîner, parce que, bien entendu, je l'invitai à partager notre repas. Isabella l'avait battu si froid, en l'accueillant, que je m'étais senti obligé d'avoir ce geste. C'était stupide, je le savais, mais il m'avait apitoyé. Je savais que je me préparais à une fin de soirée difficile dès qu'il serait parti.

Quand Isabella était montée coucher nos deux filles à l'étage, j'avais demandé d'une voix chuchotante à Pietro :

« Vous êtes venu exprès d'Italie pour la voir ?
— La vérité, oui.
— Vous l'avez beaucoup aimée ?
— Beaucoup trop.
— Combien de temps ?
— Quatre mois, dit-il.
— La passion dure quatre mois.
— Non, trois. J'ai eu droit à une rallonge d'un mois et je ne me souis jamais remis de notre roupture. Sourtout que, depuis, je n'ai pas réousssi à obtenir une seule conversation avec elle, pour comprendre ce qui n'allait pas entre nous. »

Il retroussa ses manches, découvrant une grosse cicatrice sur son avant-bras. Comme mon regard s'attardait dessus, il murmura :

« Une bagarre. »

Ce devait être aussi l'explication de sa balafre sur le front, mais je préférai ne pas creuser et repris mon fil :

« C'était quand, votre histoire ?

— Il y a six ans.

— Et vous ne vous l'êtes toujours pas sortie de la tête ?

— Non.

— Oubliez-la. »

Je me levai.

« Je ne peux pas l'oublier, dit-il en se levant à son tour.

— Il le faut, Pietro.

— J'ai jouste besoin d'une petite conversation, quelques minoutes, rien de plous.

— Pardonnez-moi, mais vous ne l'aurez pas. Depuis que nous vivons ensemble, nous n'en avons jamais eu, Isabella et moi. Elle ne parle jamais des choses importantes. Jamais. »

Après qu'il eut salué Isabella, je le raccompagnai à sa voiture, le cœur serré. Il était la preuve que l'amour est quelque chose dont on ne se débarrasse jamais, même quand il est mort.

« Pourquoi l'as-tu invité à dîner ? s'écria Isabella, dès que je fus de retour.

— Il me faisait de la peine.

— Tu aurais pu me demander mon avis.

— Désolé.

— Tu es toujours désolé. Tu n'as toujours que ce mot à la bouche.

— Désolé de l'avoir utilisé. Désolé, vraiment.

— Ce n'est pas drôle, Antoine. Tu n'as même pas compris que je n'avais pas envie de le voir.

— J'ai fini par comprendre.

— Il ne m'a rien fait, il a même toujours été adorable avec moi, mais je ne l'aime plus et quand je ne les aime plus, les gens me dégoûtent, tu peux le comprendre ? »

Non, je ne comprenais pas. Pour moi, c'est tout le contraire : mon amour pour mes anciennes femmes demeure éternel après qu'il est fini. Il n'est pas de jour où je ne pense à elles. Je voudrais qu'elles viennent à mon enterrement. Qu'elles soient placées au premier rang par ordre d'ancienneté. Qu'après la mise en terre elles partagent avec mes sept enfants un repas où serait servi tout ce que j'ai aimé ici-bas, les tomates du Caucase, les melons de Cavaillon, les raviolis à la fleur de courgette et les tartes aux pommes ou aux abricots.

Un menu d'été. C'est pourquoi j'aimerais, soit dit en passant, mourir en été, une saison que j'attends toujours avec impatience, mais qui passe trop vite. Surtout que, comme dit Elie Wiesel, « avec les années, les étés deviennent de plus en plus courts ». Je ne connais pas de meilleure définition de la vieillesse.

25

Un moment, j'ai songé à écrire un livre que j'aurais intitulé : *Les hommes de ma femme*. Isabella me disait que ce serait un motif de divorce. Maintenant que nous sommes séparés, je ne cours aucun risque mais il me semble que ça ne mérite pas plus d'un chapitre, et encore, c'est cher payé.

J'ai beaucoup travaillé le sujet. Très répétitif. Après des années de questions détournées, je suis arrivé à la conclusion qu'elle avait connu au moins douze hommes avant moi. Tous plus âgés qu'elle, et, sans être ignares, toujours acculturés, avec une haute idée de leur virilité. Des types qui sentaient le ciment, le plâtre ou l'huile de vidange. Des machistes qui sortaient tous du même moule et qu'elle dominait intellectuellement.

Quand ils duraient, ses amours ne dépassaient pas quelques mois, rarement plus. Je suis arrivé dans sa vie après un plombier turc, le menuisier Pietro, un maraîcher bio et un forain,

Claudio, le prince des autotamponneuses de Bologne et de sa région, avec qui elle avait rompu juste avant de s'installer en France.

Avec Claudio, elle avait vécu onze mois. C'était une tête brûlée qui avait eu plusieurs accidents de moto. Je l'imagine grand et fort mais je ne sais pas à quoi il ressemblait. Isabella prenait souvent des photos et les conservait dans des albums. Mais quand elle quitta le forain, elle fit comme pour ses prédécesseurs : elle supprima les clichés où il figurait. Sur ceux qu'elle décida de garder, malgré tout, parce qu'il n'était qu'un détail, ou qu'ils immortalisaient un moment important, elle découpa sa silhouette aux ciseaux.

Telle était Isabella : entière et cabocharde. Elle ne se donnait, ou ne se refusait, jamais à moitié. De cet ancien amant, elle voulait tout éradiquer. Exterminer les souvenirs.

Les femmes rompent toujours plus promptement que les hommes. Elles tranchent dans le vif, parfois avec sauvagerie, alors que nous cherchons, nous, à tout garder. Elles ont en définitive plus de courage que nous.

De ce point de vue, Isabella était bien une femme. Pour le reste, ça se discutait. Elle s'habillait comme un homme : tee-shirt, pantalon et chaussures à crampons. À la maison, elle tenait le rayon bricolage : c'était un as de la perceuse et du tournevis. En voiture, c'était toujours elle qui conduisait, et elle râlait avec des expressions de mâle du dimanche contre les cyclistes ou les piétons qui, par malheur, se trouvaient sur sa route.

Pour ma part, avec mon pelage simiesque, je peux tromper mon monde. Mais j'ai toujours été une femme. Je ne lis pas le journal à table. J'adore m'occuper des enfants. Je fais pipi assis sur le siège de la cuvette. Je suis préposé à la vaisselle, aux courses et à la cuisine. Je suis la reine des confitures. Je ne regarde pas le football à la télé. Je pleure au cinéma, au cirque, au concert ou devant les acrobaties de la Patrouille de France. Je ne pète jamais en public. Dans la kyrielle de ses anciens amants, j'étais le mouton noir.

Nous étions mal assortis, Isabella et moi. Je le compris au bout d'un an d'amour quand déboula à la maison un électricien que j'avais appelé pour réparer un court-circuit qui faisait régulièrement tout disjoncter. Les épaules larges, des mains comme des pelles, il déplaçait une entêtante odeur de sueur. Viril et fier de l'être, il portait sur les êtres et les choses un regard de propriétaire. Y compris sur ma femme dont les yeux brillaient trop pour que je ne m'en alarme pas.

Quelques jours plus tard, quand Isabella m'avoua que son fantasme était de s'envoyer en l'air devant moi, je ne doutais pas que l'électricien fût, pour cela, l'homme idéal. Par la suite, les mêmes images vinrent régulièrement me tourmenter. Lui la bécotant sur notre canapé.

Elle le tripotant de ses mains transpirantes. Lui la déshabillant dans notre chambre. Elle lui mettant la main aux fesses, avec un petit rire étouffé. Lui la chevauchant toute la nuit. Elle soufflant dessus l'air égaré, les yeux voilés d'extase.

Chaque fois que j'imaginais ces scènes, je ressentais un plaisir atroce. James Joyce éprouvait le même, j'imagine, quand il demandait à Nora, sa femme, d'aller aux hommes pour avoir, sous l'emprise de la jalousie, quelque chose à vivre et à écrire. Sans doute se faisait-il raconter ensuite, par le menu, ce qui s'était passé sous les draps. Les suçons, les griffures, les étreintes.

Si je me gardais de parler de mes divagations à Isabella, c'était moins par crainte du ridicule que pour ne pas aviver son désir de passer à l'acte. Je ne me sentais pas de taille. Ayant la fruition facile, je connaissais déjà toutes les affres de la volupté.

Je ne pouvais, au demeurant, pas m'empêcher de continuer à lorgner les femmes. Un jour que je regardais avec Isabella l'émission où je chroniquais, elle fut étonnée de me voir faire les yeux doux à une romancière que j'étais censé tacler.

Soudain, elle se leva du divan et s'écria, l'index pointé sur moi :

« Tu as couché avec cette fille ! »

Je secouai la tête en rougissant.

« Tu m'as déjà trompée avec d'autres filles, n'est-ce pas ? »

Je secouai à nouveau la tête, mais mon visage était devenu rouge brique : les dénégations ne peuvent jamais rien contre les changements de teint.

26

Par une journée caniculaire, il y a plusieurs années, alors que j'errais dans le Vieux Nice avant une conférence sur Luther et les Juifs, j'ai failli être renversé par la carriole d'un cuisinier qui transportait un gros congélateur. Un gringalet qui allait, répétant : « Plus de vingt heures d'affilée à travailler comme ça, c'est pas une vie. Je suis fatigué comme un mort. »

Cette expression était restée dans ma tête et à mon tour, au début de l'année ****, je me sentis fatigué comme un mort. Sur son lit d'hôpital, alors qu'elle se tordait de douleur, maman m'avait mis à plusieurs reprises en garde : « Si, un jour, tu te sens au bout du rouleau, sans raison, et que tu n'arrives plus à récupérer, fais attention, Antoine. C'est ainsi que le cancer s'est signalé à moi. Par un épuisement général, physique et psychologique. Il prévient toujours avant de prendre possession de toi. »

Cet hiver-là, je reçus bien le message. Il était au demeurant transparent. Je perdais de plus en plus souvent patience avec nos filles et mes élèves. J'avais mal parlé au patron d'un groupe de médias qui songeait à me confier une mission d'études. Après qu'il m'eut demandé ce que je pensais de sa ligne éditoriale, j'avais répondu :

« Vous léchez les culs avant de les torcher. Je n'appelle pas ça une ligne. »

Même quand j'avais dormi longtemps, ce qui était nouveau chez moi, je me réveillais exténué et irascible, souvent avec des douleurs au bas-ventre. Mes nuits se passaient, de surcroît, entre mon lit et les toilettes où je me rendais jusqu'à sept ou huit fois. Je devinais ce que ça voulait dire. Mon urologue aussi.

Il me prescrivit des examens de toutes sortes. À deux reprises, je passai un long moment à quatre pattes sur des établis médicaux, fouillé par des engins qui, chaque fois, me défonçaient le fondement. Quand il finit par me demander de faire une biopsie de ma prostate, je connaissais déjà le résultat. Ce cancer, je l'attendais depuis des années, mais plutôt à la vessie, comme celui de maman. Je n'ai jamais pu déterminer si ma tendance à la procrastination était une conséquence de mon fatalisme ou de mon insouciance. En tout cas, je reportai sine die toute analyse médicale supplémentaire.

Refus d'affronter la réalité ? Au contraire, je tirais déjà les conséquences du cancer annoncé. Je n'achetai plus d'habits neufs pour moi, plus de livres, plus rien. Je ne remplaçai pas la chaîne hi-fi de mon bureau, qui était tombée en panne. Je conservai mon portable alors qu'il était à l'agonie. Je mis fin à mes séances hebdomadaires chez le kinésithérapeute. J'annulai mes visites programmées chez mon dentiste pour un détartrage et pour l'extraction d'une dent de sagesse cariée et cassée qui était, au fond de ma bouche, comme une bombe purulente à retardement. À quoi bon ? Je me considérais comme mort avant l'heure.

Isabella, qui ne se doutait de rien, m'annonça un jour avec un grand sourire :

« J'ai acheté une grande table pour ton bureau.

— Tu n'as pas fait ça, j'espère !

— Si, il te fallait quelque chose de bien pour étaler ton foutoir. Tu ne te rends pas compte dans quel désordre tu travailles, avec ces cartons partout et ces livres par terre…

— C'est mon problème.

— C'est une très belle table, tu verras. En merisier. Elle sera livrée demain.

— Pourquoi ne m'en as-tu pas parlé avant ?

— Pour te faire une surprise.

— Mais je n'en aurai pas l'usage, Isabella. C'est trop tard. »

Dieu merci, Isabella ne releva pas ma dernière phrase. Sans doute pensait-elle que je voulais parler de ma panne d'inspiration qui me détournait de plus en plus de ma table de travail.

Je l'ai déjà dit, la vie m'accaparait, je n'avais plus le temps de rien faire d'autre.

Quand arriva l'été, je vécus une période étrange. Je n'avais plus envie de rien. Je faisais des siestes de deux heures, parfois plus, et passais le reste du temps dans le potager, à m'occuper de mes grosses tomates russes en rêvassant à l'organisation de mes obsèques. À la partition musicale, surtout. Je voulais être enterré sans fleurs ni couronnes ni discours, mais avec quelques-uns de mes airs préférés. J'ai retrouvé, dans de vieux papiers, une des dernières listes que j'avais établies avant la rentrée des classes. Je désirais que les morceaux fussent joués dans cet ordre :

Ain't No Grave par Johnny Cash
Le *Kyrie* du *Requiem* de Mozart par l'orchestre philharmonique de Vienne, sous la direction de Karl Böhm
L'*Adagio* de Samuel Barber
The Dock of the Bay par Otis Redding
L'*Ave Maria* dit de Caccini par Inessa Galante
O Mio Babbino Caro par Maria Callas (extrait de *Gianni Schicchi* de Puccini)
Unchained Melody par les Righteous Brothers
E Lucevan le Stelle par Luciano Pavarotti (extrait de la *Tosca* de Puccini)
L'air de la *Suite orchestrale* n° 3 en *ré* majeur de Bach
You Never Can Tell par Chuck Berry
L'*Agnus dei* du *Requiem* de Fauré

Tou' Adhimou Mafsi (« Mon âme exalte le Seigneur ») par sœur Marie Keyrouz

Le rondo (allegro) du *Concerto pour violon* opus 61 de Beethoven, par Yehudi Menuhin, avec l'orchestre philharmonique de Berlin, sous la direction de Wilhelm Furtwängler

Sunny Afternoon par les Kinks

Libiamo Ne Lieti Calici par Maria Callas et Francesco Albanese (extrait de *La Traviata* de Verdi)

Ya Rayah par Rachid Taha

What a Wonderful World par Louis Armstrong

La Bodega et *Pharaon* par Chico and the Gypsies

Du pathos, des clins d'œil, du second degré, il y en avait pour tout le monde. Pour le bouffon que j'étais, il fallait que mes funérailles fussent, en dernier ressort, inattendues à défaut d'être désopilantes.

J'avais repris mes cours depuis deux semaines quand, un soir, mon urologue m'appela :

« Je ne comprends pas. Vous n'avez toujours pas fait votre biopsie ?

— Vous êtes bien informé.

— Mais c'est suicidaire, mon vieux, et totalement irresponsable. Vos examens étaient très mauvais, je vous l'ai dit, il n'y a plus de temps à perdre. Je prends rendez-vous pour vous dans un labo. »

C'est ainsi que je me retrouvai, quelques jours plus tard, pris en levrette par une machine qui me bombarda de projectiles le dedans du bas-ventre. Après cet assaut, j'avais mal au fondement comme si j'avais été violé par tout un régiment. Même si la sensation n'était pas entièrement désagréable, j'éprouvai un sentiment d'humiliation, un dégoût de moi-même aussi, qui m'incita à me détacher de mon corps. Si je ne l'avais déjà su, j'aurais découvert que j'avais une âme : quelque chose qui ne supporte pas d'être encloué dans un petit tas de chairs pourries, quelque chose qui a des ailes et ne demande qu'à prendre sa volée.

27

J'étais à Paris et j'allais enregistrer ma chronique télévisée quand mon portable sonna. J'hésitais à répondre, le prêt-à-tourner était dans deux minutes à peine, il fallait me concentrer, mais ma main réagit avant que mon cerveau louvoyant prenne sa décision. C'était mon urologue qui m'appelait de Marseille.

« J'ai le résultat de la biopsie, dit-il. Vous avez un cancer.

— Je le savais.

— Ce que vous ne saviez peut-être pas, c'est qu'il est virulent. Il va falloir vous opérer très vite, mon vieux.

— Je préférerais qu'on fasse ça après les vacances de Noël.

— Vous n'y pensez pas, protesta-t-il.

— Je vous rappelle. »

Je raccrochai et entrai en studio pour mettre en pièces un jeune écrivain à tête de calcul biliaire, le fiel incarné, le regard haineux, qui se prétend expert du bonheur et célèbre l'amour de livre en livre. Tous à succès, bien entendu. Sinon, il n'aurait pas été invité à l'émission.

En sortant de l'enregistrement, j'annonçai la nouvelle à Isabella et le soir, de retour en Provence, elle savait à peu près tout du cancer de la prostate. Le lendemain, après avoir passé la nuit sur Internet, elle était même devenue une spécialiste et je l'écoutai bouche bée me parler de l'évolution de la maladie ou des traitements que je pouvais envisager.

Elle avait choisi la chirurgie. L'éradication totale du mal, mais avec tous les risques d'impuissance et d'incontinence.

J'ai fait plusieurs fois le pèlerinage de Choisel, dans la vallée de Chevreuse, pour écouter parler Michel Tournier, un écrivain qui a toujours pensé debout, quitte à épouvanter les bien-pensants. Un jour, il m'a dit :

« Il faut être stupide comme Hemingway pour se suicider parce qu'on ne peut plus bander. Au contraire, quelle délivrance ! Il aurait dû penser qu'il retrouvait enfin son libre arbitre. Franchement, quel con ! »

Sur le coup, je l'approuvai : devant les gens qui m'impressionnent, mon esprit critique a tendance à battre en retraite. Désormais, alors qu'il ne s'agissait plus d'un cas d'école et que je courais le risque de mettre en péril ma propre virilité, il me semblait qu'Hemingway avait raison contre Tournier. Quel intérêt pouvait avoir la vie sans la chosette ? Et l'au-delà ? Soit dit en passant, je n'ai jamais compris pourquoi, dans la Bible, le premier des plaisirs a été proscrit du Paradis où il faudrait passer l'éternité à se regarder sans se toucher. Quel ennui ! Même si les peine-à-jouir de l'intégrisme refusent de le reconnaître, l'islam a eu bien raison d'introduire le sexe au ciel des cieux.

Je pris mes distances avec mon urologue qui m'appelait « mon vieux » avec une familiarité trop condescendante, et demandai leur avis à plusieurs médecins. Ils préconisèrent l'ablation d'urgence. Sauf le professeur Debré, qui m'indiqua une nouvelle méthode, la curiethérapie, autrement dit l'implantation de plusieurs dizaines de tubes de titane, bourrés d'iode 125 radioactif, dans les zones cancéreuses de la prostate. En tuant les cellules malades, elle finit par ravager le cher et précieux organe, mais elle n'arrête pas d'un coup, comme l'ablation, la production de sperme, liquide que célèbre à juste titre le Coran qui en est plein. De la sorte, Isabella ne serait pas privée de mes déifiques éjaculats.

« Tu préfères ce traitement, dit-elle, lisant dans mes pensées, parce que tu veux continuer à répandre ton sperme sur la terre.

— Je le préfère parce qu'il est moins traumatisant.

— Mais tu joues avec ta vie, Antoine. Ton cancer est bien trop violent. Quand il atteint ce niveau, les plus hautes autorités médicales, aux

États-Unis et ailleurs, disent que la curiethérapie ne peut suffire à l'enrayer. Que fera-t-on, les enfants et moi, quand tu seras mort parce que tu voulais continuer à éjaculer ? Est-ce que tu as pensé à nous ?

— Oui.

— Non.

— Bien sûr, insistai-je, je ne pense qu'à vous et la vérité est que j'ai trop peur de faire pipi sous moi. Je sais que je n'y survivrais pas. »

En prononçant ces mots, je suis sûr que j'ai baissé les yeux. C'est toujours ce que je fais quand je mens. Encore qu'en l'espèce je ne mentisse qu'à moitié. Je me souvenais des cris de bête blessée de ma grand-mère maternelle quand, à quatre-vingts ans passés, elle commença à s'oublier dans son fauteuil en regardant la télévision, ou devant son évier, en préparant le dîner. Elle mourut trois mois plus tard. De honte.

Ce que je ne supportais pas, en vérité, c'était l'idée de ne plus pouvoir épancher, où bon me semblait, mon liquide séminal. Et je ne peux donner tout à fait tort à Isabella qui avait conclu de notre conversation que je faisais passer mon organe reproducteur avant tout le reste. Je compris, à son regard, que je l'avais affreusement déçue.

« Tu veux me castrer, dis-je.

— Non, je voulais te sauver. Nous sauver. »

Elle avait parlé au passé : c'était le commencement de la fin.

« Tu vas redevenir radioactif, dit-elle.
— Radioactif, mais vivant.
— J'espère pour toi. »
Il y eut un silence.
« Tu fais ce que tu veux, reprit Isabella, mais si tu choisis ce traitement qui est très dangereux pour les autres, je préfère que tu ne viennes pas à la maison pendant quelque temps. Deux mois, ça serait le délai raisonnable.
— C'est long.
— C'est le temps pendant lequel ta radioactivité risquerait de contaminer les enfants. »

Une quarantaine ne me faisait pas peur. J'étais prêt à tout accepter, pourvu que je continue à éjaculer partout sur cette planète, pour laisser ma trace, un plaisir, un souvenir.

28

C'était une jeune fille comme je les aime. Une bouche à baisers, des yeux gourmands et des bras de fermière. Avec ça, des reflets d'or dans ses cheveux châtains, comme Isabella. On sentait monter en elle une sève prête à déborder. Un mélange d'amour, d'alacrité et de compassion. Je tombai tout de suite amoureux. Je tombe souvent amoureux des infirmières.

Elle me présenta ma chambre et m'annonça le programme des deux journées à venir. La purge des intestins, l'opération au petit matin, la pose d'une sonde urinaire. Je l'écoutai avec attention. J'imagine que mon regard éperdu la gênait : elle détournait régulièrement le sien. Soudain, elle consulta sa montre. Son service se terminait et elle était pressée d'aller fêter Noël en famille à la fin de la semaine, à l'autre bout de la France.

Elle prenait un train une heure plus tard. Il n'y avait pas de temps à perdre. Elle décampa comme une voleuse en me souhaitant bonne chance et joyeuses fêtes. J'avais envie de lui dire mon amour, mais je cherchais encore mes mots que la porte était déjà fermée. Je respirai très fort pour garder en moi un peu de son odeur. Elle y resta longtemps.

C'était un coup de foudre. Le premier depuis celui qui m'avait enflammé pour Isabella, six ans plus tôt. Je me disais que je reviendrais ici dès son retour de congé et que je l'aborderais pour lui annoncer sans préambule ni circonlocution : « J'ai envie de passer toute ma vie avec vous. Et vous ? » Si la réponse était positive, je l'emmènerais convoler avec moi en Provence.

Isabella, elle, n'avait rien d'une infirmière. Trop inquiète. Trop craintive. J'en voulais à la femme de ma vie de n'être pas montée à Paris avec moi pour m'accompagner à l'Institut Curie où j'allais être opéré le lendemain. Elle était restée en Provence, sous prétexte qu'elle ne pouvait laisser nos filles à une nounou, fût-ce une journée : ça ne leur était encore jamais arrivé et c'eût été, selon elle, une expérience trop traumatisante.

Quelque temps plus tard, une nouvelle infirmière entra dans ma chambre. Une beauté, là encore. Ronde et blonde, la démarche silencieuse, les cils papillotants. Avec un sourire aimant de grand-mère sur des lèvres de petite fille. Je tentai de lui rendre son sourire mais sans succès, car, malgré mes efforts, le mien resta, je le sentis, pincé et souffrant. J'avais perdu l'espèce d'euphorie qui me transportait depuis mon arrivée à l'Institut Curie, l'euphorie de saint Georges avant de terrasser le dragon.

Entre-temps, j'avais entendu les cris.

Une femme et un enfant. Ils se relayaient, quelques chambres plus loin, pour pousser des hurlements de l'autre monde, qui me glaçaient la moelle des os. Leurs voix charriaient toutes les épouvantes de l'humanité. Chaque fois, on aurait dit qu'ils allaient mourir mais ils survivaient toujours. La nuit, ils se déchaînèrent. Aux premières plaintes, les infirmières accouraient à leur chevet. On entendait des bruits de porte, puis les cris faiblissaient, jusqu'au retour du silence que troublaient par intermittence, dans d'autres chambres, des râles et des rumeurs. Les malheurs avaient réveillé les malheurs.

Crucifié dans mon lit, je n'en menais pas large. Je m'étais juré que le cancer ne m'aurait pas vivant mais je commençais à me demander si je n'étais pas déjà mort, comme maman qui serrait les dents sous les coups de pioche qui la dévastaient mais qui, derrière ses yeux pierreux, s'absenta du monde bien avant d'expirer.

29

Après l'opération, une nouvelle infirmière entra dans ma chambre pour me poser une sonde urinaire. Une brunette avec une bouche frondeuse et des grands yeux étonnés. Je tombai tout de suite sous son charme et fus gêné d'avoir à exhiber, entre mes jambes, la pauvre chose qui, jusqu'alors, menait ma vie et qui n'était plus que l'ombre d'elle-même.

J'hésitai à lui témoigner ma flamme : la sonde urinaire ne favorise pas ce genre d'exercice. Je remis ma déclaration d'amour à plus tard, lorsque je ne serais plus pendu à ma poche d'urine.

Elle s'appelait Lisa. Je m'imaginais déjà avec elle. Mon infirmière tiendrait les cordons de la bourse et déciderait de tout. Mes habits, ma carrière. Elle saurait où sont rangées les choses. Mes vieux manuscrits, par exemple. Je ne doutais pas qu'elle serait la femme idéale pour un écrivain comme moi : elle saurait négocier avec les éditeurs, organiser mes séances de dédicaces, préparer ma postérité.

Les grands écrivains ont des femmes de ce genre qui, sur le front littéraire, mènent les guerres à leur place. Sans elles, ils ne seraient, à mon image, que des bouchons flottant au fil de l'eau. Lisa était l'épouse qu'il me fallait. Que j'attendais et que je méritais. Je jetai mes lignes :

« Donnez-moi votre adresse, Lisa. Je vous enverrai quelques-uns de mes livres. Les meilleurs.

— Je les lirai, dit-elle. Promis. »

Elle prononça ces mots sur ce ton horripilant que les infirmières emploient volontiers avec leurs patients, le ton dont on use pour les enfants demeurés, mais je le mis au compte de l'habitude et le lui pardonnai.

Elle prit le livre qui était sur ma table de chevet, *La pesanteur et la grâce* de Simone Weil et, tout en le feuilletant, laissa tomber :

« J'aimerais bien le lire.

— Je vous l'offre, dis-je.

— Quand vous nous quitterez. Avant, vous en aurez peut-être encore besoin. »

Elle avait trouvé l'expression juste. Sur mon lit d'hôpital, j'avais *besoin* de Simone Weil où j'allais puiser du réconfort, de l'amour, des conseils :

« Toute douleur qui ne détache pas est de la douleur perdue. »

« Il faut se déraciner. Couper l'arbre et en faire une croix, et ensuite la porter tous les jours. »

« Les deux contraires qui déchirent l'amour humain : aimer l'être aimé tel qu'il est et vouloir le recréer. »

Comme Simone Weil, je recréais Lisa, mon aimée : à elle seule, mon infirmière formait un rempart contre tout ce que je risquais d'endurer et qui se rappelait à moi à travers les lamentations de la femme et de l'enfant, au bout du couloir.

Leurs souffrances étaient si extrêmes que j'en mourrais souvent. Quelques minutes, jamais davantage. Je voulais rester encore un peu ici-bas. Deux ou trois ans, au minimum. J'avais encore tant de paysages à découvrir, de livres à lire, d'enfants à aimer, d'oliviers à contempler, de chèvres à chérir ou de bouches à embrasser. Des bouches d'infirmières…

30

Au temps de mon apogée parisien, quand j'étais directeur de la rédaction d'un grand quotidien, j'avais rendu visite à François Mitterrand, qui était, lui, au couchant de sa vie. Je l'avais souvent étrillé dans le passé, pour le plaisir d'un bon mot, mais sans jamais me départir d'une affection qu'il semblait me rendre : malgré les apparences, c'était un grand sentimental. Un faux cynique, à bien des égards. Rongé par son cancer, il était à l'os, quand la peau devient translucide et le regard, épouvanté. Il me recevait dans son bureau de l'Élysée lorsque, soudain, il s'arrêta au milieu d'une phrase, se leva et, avec une grimace affreuse :

« Excusez-moi. »

Je pensai qu'il allait pisser mais il se précipita en poussant des petits cris étouffés sur une chaise longue, disposée au milieu du bureau présidentiel, et commença à se tortiller.

« Voulez-vous que je parte ? demandai-je.
— Non, vous pouvez rester. Ça va passer. »

Il me rappelait maman qui gigotait mêmement sur son lit de souffrance où elle resta plusieurs mois, sans parvenir à passer.

Dans ma chambre de l'Institut Curie, je n'en étais pas là, il s'en faut, mais je ressentais, après l'opération, des élancements louches dans ma chair. Parfois, des morsures. C'était normal. J'avais dans la prostate soixante-dix tubes d'iode 125 radioactif. Il fallait qu'elle s'habitue.

Je me disais qu'un cadavre est toujours moins horrifiant qu'un cancéreux à l'article de la mort et qu'il me serait plus facile de mourir que de souffrir, encore que je me sois toujours plu sur la terre. Ce bonheur intérieur m'a souvent joué des tours. Il m'a fait perdre du temps. Il m'a rendu trop confiant. Eussé-je été mené par une vraie ambition, je suis sûr qu'il me l'aurait sapée. Il ne m'a même pas abandonné sur mon lit d'hôpital, submergé que j'étais, grâce au personnel soignant, par toute la bonté du monde. J'ose dire que cette bonté m'a toujours accompagné, depuis ma petite enfance.

La bonté de ma mère qui, l'échine courbée, ne cesse de racheter, entre ses cours de philosophie, les fautes qu'elle n'a pas commises en torchant les culs des mioches, des vieillards et des cadavres. La bonté de mes anciennes femmes que j'ai trahies avec une espèce d'inconstance compulsive, et qui m'ont toutes pardonné. La bonté de la Vierge noire que j'allais souvent prier, enfant, devant son autel de la basilique

Saint-Victor à Marseille, après l'école, et dont le regard caressait ma chair qui, certains jours, frémissait d'amour. La bonté du silence, cousin de l'infini, qui m'emplit de sérénité avant de m'emporter au-delà du monde. La bonté de l'infirmière qui rajuste mes draps avec la douceur des femmes qui, la nuit de la crucifixion, roulèrent dans son suaire le corps pantelant du Christ.

Sauf que je n'étais pas le Christ. Sur sa croix, Jésus se plaignait du Père : « Mon Dieu, mon Dieu, pourquoi m'as-tu abandonné ? » Moi, sur mon lit de cancéreux, j'en voulais à ma femme qui n'avait pas encore daigné me rendre visite, par crainte d'attraper ma maladie, la radioactivité ou bien la mort.

J'exagère. Il aurait suffi que je le lui demande pour qu'elle accoure, mais mon orgueil m'en empêchait. Je suis du genre à me faire tuer plutôt que de demander quelque chose à quelqu'un. Même mon chemin.

31

Chaque fois que s'ouvrait la porte de ma chambre, je sursautais, le cœur sur les lèvres, certain qu'Isabella était venue de Provence me faire une surprise. Mais non, c'était ma fille Sylvie, ma sœur Florence, mon frère cadet François ou mon vieil ami Alain, les seules personnes qu'elle m'avait autorisé à informer de mon opération. Je n'eus droit qu'à des coups de téléphone où elle me demandait laconiquement, comme par politesse, les dernières nouvelles avant de s'égarer dans des considérations sur les maladies de notre chatte, de la voisine ou les siennes : elle enchaînait les grippes, les sciatiques et les sinusites. Quelque chose se mourait entre nous mais jamais je n'aurais imaginé que c'était notre amour.

Pouvais-je me plaindre ? Jamais je ne lui avais dit mon besoin d'elle et de son regard. Comme si j'avais voulu la pousser à la faute. En ne cherchant jamais de réconfort auprès d'elle, en me repliant toujours un peu plus sur moi, je me demande si je ne fus pas l'instigateur inconscient du crime dont je commençais à l'accuser, en mon for intérieur.

C'est quelque chose que j'ai souvent observé en amour : une tendance à se croire victime d'une rupture qu'on a soi-même anticipée, voire organisée, en se murant dans le silence ou un ressentiment qui a tout précipité. J'entends bien m'en prémunir : je n'ai rien à voir avec ces gibiers d'asile qui se lamentent du coup de couteau qu'ils se sont donné eux-mêmes, pour se rendre intéressants. Ne pas confondre.

À mon retour de l'hôpital, dans le petit studio que j'avais loué à Paris en attendant la fin de ma quarantaine, je continuai de chavirer à chaque coup de sonnette, mais ce n'était jamais Isabella. Mis à part ses appels téléphoniques, elle ne se manifesta qu'en m'envoyant deux paquets. L'un pour Noël. L'autre pour mon anniversaire. Dans le premier, des fromages de chèvre, des confitures d'abricots, de l'huile essentielle de lavande, le dernier tome des œuvres complètes d'Albert Camus dans la Pléiade et une édition originale du *Procès-verbal* de J.-M.G. Le Clézio. Dans le second, un album rempli de photos des deux filles et leurs derniers dessins. J'ai conservé les deux cartes postales qui accompagnaient ses envois. Elle y disait tout son amour pour moi et prétendait compter les jours en attendant nos retrouvailles.

J'ai souvent relu ces deux cartes, pendant les

heures froides de la convalescence. Je me disais que j'avais tort de me faire tout un monde de son attitude. Elle ne le faisait pas exprès. Elle était bien plus dévastée encore que moi. Voyager était pour elle un supplice. Je l'ai vue trembler de tout son corps, au milieu de la foule, un jour que nous étions allés chercher sa sœur Francesca à l'aéroport de Marignane. Il suffisait de ne plus y penser et de ne pas oublier, en revanche, qu'elle m'avait rendu la vie plus belle, plus douce, plus vraie. Je l'aimais trop pour qu'elle se déprenne de moi. Pareil amour ne pouvait pas mourir. Il n'y avait qu'à le réinventer et il serait aussi neuf qu'au premier jour. Tout en marchant dans les rues de Paris, je me tranquillisais avec des formules de ce genre avant de prendre des notes, le soir, pour un livre de réflexions que je voulais écrire, modestement intitulé *Dieu et moi*.

Aussi loin que je me souvienne, j'ai toujours été croyant mais, depuis mon opération, j'étais entré dans une période très religieuse, à la limite de la cagoterie. Le cancer est une aubaine pour les églises. S'il ne frappait pas tant, elles seraient encore plus vides. Les malades sont aisément reconnaissables. Ils sont plus absorbés que les autres fidèles et se plient volontiers au prie-Dieu. Ils s'empiffrent aussi d'hosties. Les cancéreuses tintinnabulent, elles, sous les croix et les médailles.

Je me moque, mais moi aussi j'accourus à Dieu

pour qu'il me prenne sous son aile et me protège du cancer autant que de la mélancolie qui, de temps en temps, me tombait dessus. Pour la première fois, j'étais un catholique pratiquant qui cherchait le réconfort dans les messes, notamment celle du dimanche soir à Notre-Dame de Paris. J'allumais régulièrement des cierges, les plus chers. Moins pour mon rétablissement que pour la survie de notre très grand amour. Parfois aussi, je le confesse, pour le salut de ma virilité.

32

François Mitterrand aimait raconter et même mimer la façon très particulière de dire bonjour d'un président de l'Assemblée nationale sous la IVe République, André Le Troquer. Un manchot très porté sur la chose qui vous regardait l'entrejambe avec un air interrogateur avant de demander : « Ça marche toujours ? »

Voilà bien la seule grande question qui vaille. L'interrogation métaphysique par excellence. Je me la suis posée avec terreur chaque fois que je me suis réveillé sur un lit d'hôpital, notamment après une péridurale où je m'étais retrouvé avec une chose flasque, à demi morte, entre les mains. « Faites quelque chose, mon truc ne répond plus ! »

Je me poserai cette question jusqu'à mon dernier soupir et je me vois bien procéder à une dernière vérification, d'une main furtive, avant d'expirer. Que serais-je sans ça, qui a toujours guidé mes pas ? Après mon opération de la prostate, j'avais été épouvanté de constater qu'il ne réagissait plus à mes amicales pressions. Qu'il avait perdu goût à la vie. J'avais imploré le médecin venu faire un point :

« Il est tout mou, docteur. Quand reviendra-t-il à son état normal ?

— Bientôt.

— Mais quand, exactement ?

— Demain ou dans les prochains jours, ne vous inquiétez pas, il faut du temps.

— C'est le seul domaine où je ne peux en donner, docteur. Le seul où je n'ai aucun humour. »

Quand on cherche à tuer la vanité en soi, c'est dans le bas-ventre que se trouve son dernier repaire. On ne l'en délogera plus jamais.

Au retour de l'hôpital, quand mon ami Alain me ramena à mon studio, je n'avais qu'un désir. Qu'il parte illico afin que je puisse m'étaler sans tarder sur mon parquet pour procéder à une révision générale de mon organe.

« Tu n'as vraiment besoin de rien ? demanda Alain.

— De rien.

— Tu ne veux vraiment pas que je te fasse des courses ?

— Non. »

J'étais presque impoli et Alain ne s'attarda pas : j'étais la preuve que l'homme est un cochon qui a réussi à faire illusion. Un verrat reproducteur avec une montre et des habits.

Mon engin et ses olives avaient commencé à noircir, comme si j'avais la gangrène. C'était normal, après l'opération. Mais je tenais quand même à m'assurer que mon organe était en état de marche.

Depuis l'adolescence, je ne me suis guère adonné à la masturbation qui, contrairement à la légende, est très bonne pour la santé : pratiquée régulièrement, elle peut même permettre d'éviter le cancer de la prostate. Sans doute manquais-je de technique : mon engin tarda à répondre à mes sollicitations manuelles et il m'inspira de la pitié quand s'en écoula, après maints efforts, une boue de sang où trempaient des caillots noirs.

Les jours suivants, je ne récidivai pas. Je me réservai pour Isabella, après ma quarantaine. Encore que, pour la première fois depuis notre coup de foudre à Lourmarin, j'aie commencé à regarder et à courtiser d'autres femmes. Lisa, surtout, que j'appelai le lendemain et invitai à déjeuner car elle prétendit n'avoir pas de dîner libre avant longtemps, ce qui laissait penser qu'elle était prise, à moins qu'elle ne fût simplement farouche.

Au restaurant, Lisa ne se dévoila guère et répondit par d'autres questions à mes questions, ce qui donna une conversation que je peux résumer ainsi :

Moi : « Qu'aimez-vous faire de vos loisirs ? »

Elle : « Cela dépend. Et vous ? »

Moi : « Pour les vacances, êtes-vous mer ou montagne ? »

Elle : « Les deux. Vous préférez quoi, vous ? »

Moi : « Vous aimez le monde où nous vivons ? »

Elle : « Certains jours, oui. »

Moi : « Êtes-vous optimiste pour l'avenir de l'humanité ? »

Elle : « Croyez-vous que ça va durer encore longtemps comme ça ? »

Malgré toutes ses pirouettes, imputables à sa pudeur autant qu'à ses complexes, il m'apparut rapidement que mon infirmière était aussi fine que cultivée. Je m'en amourachai, bien conscient qu'il me faudrait des semaines de travail avant qu'elle m'accorde ses faveurs. Ce serait un dossier de longue haleine.

J'avais tout mon temps. Elle aussi. C'était un jour de repos pour elle. Nous marchâmes le long des quais, sous un soleil d'hiver, avant de remonter la rue de Bourgogne où l'on s'arrêta dans une pâtisserie pour acheter une tarte au citron et un éclair au café.

Elle me laissa prendre une bouchée de sa tarte avant d'engloutir avec ravissement l'endroit où mes dents avaient laissé leur empreinte. Un message d'amour qui était à son image, voluptueusement discret. Je renaissais.

Avec circonspection. Je n'avais pas une grande autonomie de vol. Une heure tout au plus, et encore, à condition de n'avoir rien bu. Sinon, il me fallait aller régulièrement aux toilettes, parfois toutes les dix minutes.

Au cours des deux heures de notre promenade, je me souviens avoir fait, dans des cafés, au moins quatre arrêts pipi. Je n'avais pas le choix. Quand je décidais de me retenir, par exemple jusqu'à la fin d'un film, je devais passer beaucoup de temps devant les urinoirs, en poussant comme les enfants sur le pot, avec une expression angoissée de détraqué sexuel. Je reste étonné que les personnes qui m'ont surpris ainsi n'aient jamais alerté la police.

J'étais devenu une sorte de maniaque urineux, quittant précipitamment l'enregistrement de ma chronique télévisée ou interrompant brusquement des conversations importantes pour aller lâcher la bonde dans la cuvette des W.-C. Quelques gouttes en vérité, avec des clous, des cailloux, des lames de rasoir. Du bonheur de se soulager, il ne me restait plus rien. J'avais mal et j'étais ridicule.

33

Le troisième vendredi de février, dans notre maison de Mallemort, à la fin de ma quarantaine, mes deux filles se précipitèrent sur moi et nous nous embrassâmes avec effusion. Après quoi, sans un mot, je serrai Isabella dans mes bras, d'abord avec une certaine réserve, puis de plus en plus fort, avant de comprendre qu'elle était en train de se vider d'elle-même. Plus je l'étreignais, moins je la sentais.

Elle souriait, bien sûr, d'un sourire plein de compassion, mais c'était à peu près tout ce qu'elle se résignait à me donner. Je fondais sur pied. Quelque chose s'enfuyait de moi, qui me coulait le long du dos et sur les jambes, tandis qu'un grand froid m'envahissait peu à peu. Je me sentais comme le soldat qui rentre de la guerre, la gueule cassée, et dont la femme s'enfuit aussitôt du domicile conjugal, mais la mienne ne s'enfuyait pas.

À quoi bon ? Isabella était déjà partie, me laissant sur les bras son corps mort. La formule s'impose : corps mort. Enfin, mort pour moi. J'en reçus la confirmation, le lendemain samedi, après le déjeuner, quand, tentant de reprendre nos habitudes, je profitai de ce que nos filles faisaient la sieste pour mendier l'autorisation de l'emmener au lit. Elle leva un sourcil étonné :

« C'est bien trop tôt.

— Il y en a beaucoup qui font ça quand ils rentrent de l'hôpital.

— Il vaut mieux attendre.

— Ça fait deux mois que j'attends.

— C'est trop risqué. »

Connaissant bien la question, elle ne pouvait ignorer que les soixante-dix grains radioactifs implantés dans ma prostate ne présentaient aucun danger pour personne. Certes, les premières semaines, j'émettais des rayonnements dont il fallait éloigner les enfants et les femmes enceintes, les fœtus y étant très sensibles. J'avais aussi été invité par l'hôpital à « n'avoir que des relations sexuelles protégées » au cas où des tuyaux de titane se seraient échappés par l'entremise de mon sperme. Passé le délai de deux mois, tout retournait à la normale. Je redevenais un type ordinaire. Encore un peu radioactif, mais pas trop.

Mon regard finit par l'apitoyer. Elle consentit à me suivre, mais en poussant un soupir de lassitude. Tandis que je l'enlaçais, l'embrassais, puis entrais en elle, je ne sais de quoi elle avait le plus peur, de la radioactivité ou des métastases que j'allais lui inoculer, mais jamais je n'oublierai l'effroi qui agrandissait ses yeux. On aurait dit qu'elle faisait l'amour avec Frankenstein. Moi, je le faisais avec un sac de pierres.

J'avais pris mes précautions. Un préservatif. Mais ça ne suffirait pas à la rassurer. Je compris, à son expression, que je ravageais son corps mort parce qu'à la vérité j'étais plus mort qu'elle. Mort à la vie et au monde. Elle était sûre de revivre dès que je serais parti. Ce n'était pas mon cas. J'étais une cause perdue. Une glaire.

Quand je me retirai, elle émit un râle de dégoût : au fond du préservatif que j'avais ôté en toute hâte gisait une espèce de pus chocolaté.

J'avais éjaculé du sang, mais cette fois un vieux sang sale, apparemment pourri. J'en avais plein la verge que j'allai rincer dans la salle de bains.

« C'est horrible, dit-elle depuis la chambre.
— Ce n'est pas grave.
— Regarde bien. Évidemment que c'est grave.
— Non, c'est naturel. C'est de la vie. »
Isabella s'écria d'une voix révoltée :
« Tu appelles ça de la vie ?
— Ce n'est rien d'autre.
— Tu n'y es pas. C'est de la mort. »

Je m'en suis beaucoup voulu de ne l'avoir pas ménagée, ce jour-là. J'aurais pu mettre les formes. L'épargner. La respecter. Mais j'avais laissé faire le porc lubrique en moi.

La vérité n'est pas nécessairement sale et vulgaire. Sinon, il n'y a qu'à l'habiller. Je n'ai jamais su. J'ai toujours aimé le vivre et le parler cru. C'est ce qui acheva d'éloigner Isabella de moi.

Elle s'éloignait et je mourais. Chaque jour qui passait, je m'éteignais dans le froid que répandait sa présence. Dieu merci, je ressuscitais le mercredi, quand je montais à Paris pour enregistrer l'émission. Je passais ainsi de la vie à la mort et inversement. C'était épuisant.

34

C'était le 25 mars ****, dans notre propriété de Mallemort, un mois après nos retrouvailles. Je me rappelle très bien cette journée. Ses parfums, en particulier. Pendant la sieste des filles, Isabella et moi prenions le soleil sur la terrasse. Il cognait à grands coups sur le tilleul dont les bourgeons commençaient à gonfler. Un vent tiède caressait la terre qui frissonnait de plaisir. Sa main molle épousait tout, les plis et les mamelons, en charriant, avec la rumeur du monde, des effluves d'herbe fraîche, de feuille pourrie, d'eau courante et de vieille vase. Les odeurs du printemps.

Après avoir retiré sa chemise, Isabella s'était allongée, la poitrine à l'air, sur son beau transat à rallonge, me laissant, selon son habitude, un siège de fortune. Une pauvre chaise brinquebalante. Partout, elle s'octroyait la meilleure place sans le demander. Elle s'était mise à lire un mauvais polar avec cette expression renfermée qui, depuis la fin de la quarantaine, me consumait vivant. Ces derniers temps, elle ne lisait que de mauvais polars.

Elle prétendait qu'elle n'avait pas le cœur à lire autre chose et que la vie l'épuisait.

En proie à la fruition, j'observai son ventre à la dérobée. Il avait grossi. Sans doute le chocolat. Elle en mangeait des quantités astronomiques, entre les repas, avec une frénésie compulsive que je mettais sur le compte du malaise qui grandissait entre nous. Je m'accommodais de ses effets. J'aimais ce bedon replet et transpirant : un oreiller mouillé. Avec une moitié de sourire, je lui demandai de le recouvrir, ajoutant qu'au cas où elle s'y refuserait je ne pourrais plus répondre de rien et risquais de lui sauter dessus. Elle se tourna vers moi, le regard comme un couteau, et laissa tomber :

« Nous ne ferons pas l'amour aujourd'hui. Ni demain. D'ailleurs, nous ne ferons plus jamais l'amour, Antoine. C'est fini entre nous. »

Alors, la douleur a commencé. Une espèce de ruissellement qui ne s'arrêtait pas de couler, au-dedans de moi, en me perçant les chairs et en me glaçant les sangs. Une agonie.

Je perdis en même temps ma salive, mon orgueil et ma lucidité. J'avais très froid, mais transpirais à grande eau. C'est ainsi que l'on meurt, j'en suis sûr, quand tout se liquéfie en nous, qu'on n'est plus qu'un dégorgement, une suppuration, jusqu'à la dernière goutte.

Il se passa un long moment avant que je marmonne, comme si j'avais la bouche pleine, la langue collée au palais :

« Je n'ai pas bien compris.

— Tu as tout compris. On se quitte. »

Je laissai quelques secondes s'écouler, puis soufflai :

« Mais pourquoi?

— Tu le sais bien. Il n'y a plus rien entre nous. Plus de complicité. Rien.

— On n'a jamais eu besoin de se parler pour se comprendre, observai-je. Nos silences parlent, nos yeux aussi.

— Il y a longtemps qu'on n'a plus rien à se dire.

— Mais je t'aime.

— Tu m'as surtout prouvé le contraire et, moi, je ne t'aime plus. »

Je tentai de réprimer des spasmes qui rappelaient ceux du taureau avant la mise à mort. On aurait dit que j'allais vomir mon sang.

« Pardonne-moi, repris-je, si je t'en ai voulu de n'être pas venue me voir à l'hôpital. C'était infantile et stupide. »

Je n'en pensais pas un mot, mais j'étais prêt à tout pour la récupérer. Je ressemblais à ces chefs de guerre qui, dans leur retraite, abandonnent tout, leurs troupes, leurs munitions et même leur honneur.

Un silence s'installa.

Ma langue remuait avec difficulté dans ma bouche asséchée quand je repris :

« Si je t'en ai voulu, c'est parce que je t'aime. Je t'aime toujours comme au premier jour.

— Moi, pas. Il y a quelque chose qui est parti et qui ne reviendra plus.

— On s'est tellement aimés. Il en restera toujours quelque chose, Isabella. C'est impossible autrement.

— Ça m'étonnerait. Tu m'as déçue.

— En quoi t'ai-je déçue ? Peux-tu me le dire ?

— Tu sais bien.

— Non, je ne sais pas. »

Elle leva les yeux au ciel en poussant un soupir affreux, comme un feulement.

« Il faut que tu m'expliques, insistai-je. Tu me dois bien ça.

— Je ne te dois rien. Il n'y a rien à expliquer. C'est fini. C'est comme ça.

— On ne peut pas se quitter sans s'être parlé. On a quand même construit quelque chose ensemble.

— Quoi ?

— On a des enfants.

— Puisque tu parles des filles, j'ai pensé qu'on pouvait rester ensemble pour elles. Ensemble en apparence mais chacun pour soi dans la réalité. Car il n'est plus question de vie commune entre nous, Antoine, il faut que tu comprennes ça, c'est au-dessus de mes forces. À partir de maintenant, on ne dormira plus dans la même chambre et on sortira séparément. C'est la meilleure solution. J'y ai beaucoup réfléchi, je crois que ça peut marcher. »

J'étais révolté et, pour la première fois depuis le début de notre conversation, j'élevai le ton :

« Quelle est cette vie que tu me proposes ? Tu sais bien que je t'aime trop pour l'accepter. C'est minable…

— Ça suffit, coupa-t-elle. Si tu ne veux pas, tant pis. De toute façon, je te le répète, c'est fini. Mon père est mort quand j'avais sept ans. Mort d'avoir trop travaillé. Toi, depuis ton cancer, tu n'as même pas appris la leçon. Tu continues à t'agiter dans tous les sens.

— Ce n'est pas vrai. J'ai décidé d'arrêter l'enseignement et j'écris beaucoup moins qu'avant.

— Mais tu t'investis de plus en plus dans la télé, tu as trop de comptes à régler, tu ne t'arrêteras jamais. Je ne veux pas revivre avec toi ce que j'ai vécu avec mon père. »

Elle m'avait donc envoyé au Royaume des Morts, au son du glas, une pelletée de terre par-dessus. Je me trouvais dans le même état que le jour de la naissance de notre très grand amour, à Lourmarin. Suées, palpitations et flageolements. J'avais, de surcroît, la glotte qui tremblait comme à l'approche d'une décharge de sanglots et puis, surtout, une atroce envie de faire pipi. Craignant qu'une auréole humide n'apparaisse sur mon pantalon, je posai le journal sur mon bas-ventre.

« Donne-moi encore une chance, suppliai-je.

— Ça fait six ans que j'essaie de te la donner. Tu ne l'as jamais saisie, Antoine.

— Juste une dernière chance.
— Je crains que ça ne serve à rien. »

Elle commençait à flancher. Sa voix s'était cassée, signe d'émotion chez elle. Reprenant soudain confiance, je tentai de creuser l'avantage :

« Avant de commettre l'irréparable, accordons-nous un délai de grâce. À condition, ça va de soi, qu'il reste un espoir. »

Sa réponse tardait.

« D'accord, finit-elle par laisser tomber.
— Combien de temps nous donnes-tu ?
— Un mois.
— Merci », dis-je dans un souffle.

Je n'étais pas soulagé. J'avais même du mal à respirer. Je me sentais aussi nauséeux. C'est peut-être pourquoi, observant son visage, il me parut tout à coup, pour la première fois depuis six ans, dénué de charme, voire franchement moche.

Je courus aux toilettes.

35

J'aurais dû la haïr tout de suite après qu'elle m'avait congédié, mais je commis l'erreur de l'aimer davantage. Dans les semaines qui suivirent ce 25 mars ****, je l'inondai de cadeaux et d'épîtres.

Je me demandais si je n'étais pas atteint du syndrome du cerisier de mon jardin. Un pauvre arbre qui, trois ans durant, attrapa toutes les maladies et qui fut même mangé vivant par les vers, au point qu'un automne, après l'avoir traité, je le crus mort. Depuis, il débordait d'énergie et donnait beaucoup de cerises.

La nuit, j'avais recommencé, comme au temps de ma vie sans Isabella, à boire et à écrire. Des bouts de roman et des lettres d'amour à n'en plus finir. Le bonheur fatigue, le malheur réveille. J'avais retrouvé une forme d'inspiration.

Pas pour les lettres d'amour. J'ai gardé quelques brouillons que je peine à relire tant ils me semblent dénués de bon sens. Emporté par un mélange de faiblesse et d'affolement, j'acceptais tous les torts. Je n'avais rien compris. Jamais je ne trouvais les mots qui lui auraient fait cesser sa fuite éperdue et se retourner vers moi avant, peut-être, de revenir sur ses pas. J'étais l'incarnation de la mort. Plus je la poursuivais, plus je l'effrayais.

Il aurait fallu que je la rassure et que je lui parle d'autorité, sûr de mon droit et de ma bonne santé. Au lieu de quoi, je tombais de la passion dans la jérémiade, de la jérémiade dans la mortification et de la mortification dans la stupidité. J'avais une excuse. Je me sentais comme le roi Lear, écrabouillé par la vie, « informe, débile et méprisé ». « Comme des mouches aux mains d'enfants qui jouent, nous sommes aux mains des dieux, notait Shakespeare. Ils nous tuent pour s'amuser. » Avec moi, ils n'auraient pas pu s'amuser : il n'y avait plus grand-chose à tuer.

Mes lettres étaient bêtes et sans portée, à l'image de celle-ci que j'ai retrouvée dans un livre d'art sur Giorgione :

« Mon très grand amour,
La messe est dite. Même si je me débats à ma façon, pathétique et maladroite, j'ai compris qu'il n'y avait plus rien à espérer. Tu m'as donné un coup de poignard et la plaie coulera toujours, je le sais. Je t'ai aimée au premier regard et, depuis, je vis avec toi et les enfants dans ma tête. Sans doute n'ai-je pas su te dire mon amour que

n'a jamais entamé l'usure du temps. Je ne suis pas très causant. Mais toi non plus, d'ailleurs, permets-moi de te le dire. Il me semblait pourtant que nos silences étaient pleins de paroles. Oui, de paroles d'amour. C'était une illusion, une de plus, et je reconnais ma faute, toutes mes fautes.

Notre amour est la plus belle chose qui me soit arrivée et je me sens aujourd'hui tout démuni, avec un grand vide en moi. C'est pourquoi je te présente une requête : ne sois pas cruelle, tranche dans le vif, coupe toi-même, car je n'aurai pas ce courage. Mais sache que, quoi que tu fasses, tu ne tueras jamais mon amour.

Avec mon affection éternelle,

Antoine. »

Je posais mes lettres sur le lit, le soir, ou sur la table de la cuisine, le matin. En un mois, j'en ai écrit deux cent sept. Je suis sûr du chiffre, je les numérotais.

Comme j'avais prévu d'en faire un livre, je les photocopiais et les classais mais, après le divorce, je n'ai jamais pu les retrouver. Je soupçonne Isabella de les avoir subtilisées pendant le déménagement. J'avais déjà un titre : *Épitaphes pour un amour mort.*

Isabella me remerciait toujours pour mes lettres mais n'a jamais répondu à aucune, fût-ce de vive voix, même après que je le lui eus demandé. J'avais l'impression de revivre une histoire que m'avait racontée naguère Julien Green.

Il avait bien connu le poète italien Gabriele D'Annunzio avant qu'il ne fût contaminé par le fascisme. Chaque matin, l'écrivain laissait sur le rebord de la cheminée un poème à l'intention de son épouse. Elle en prenait rarement connaissance.

Aujourd'hui, je me demande si Isabella, toujours inquiète de souffrir, a lu une seule de mes lettres.

36

Quand l'amour est heureux, vous êtes ridicule, et s'il est malheureux, vous l'êtes plus encore. Dans les deux cas, c'est du radotage. Je posais donc toujours les mêmes questions :

« Crois-tu qu'un jour tu m'aimeras comme avant ?

— Je ne peux pas te dire, répondait Isabella, mais c'est possible.

— Il y a une chance ?

— Si nous savons la prendre.

— Que faut-il pour ça ?

— L'amour ne se décrète pas, Antoine. »

Nous avions des conversations de ce genre, plusieurs fois par jour. Elle ne voulait pas me laisser trop d'espoir, mais veillait à ne pas me désespérer tout à fait.

Elle avait fait des concessions. Elle acceptait que nous dormions dans la même chambre jusqu'à la décision finale. Mais je lui faisais horreur : je le sentais, le soir, après avoir éteint toutes les lumières de la maison. L'air était plein de peur. J'étais la mort qui déambulait, à la recherche de sa prochaine proie. J'imaginais Isabella recroquevillée dans son lit, le souffle coupé, le cœur aux abois, en attendant mon arrivée. C'est pourquoi je retardais toujours le moment de la rejoindre. Je buvais un coup et puis encore un autre. Je me brossais une seconde fois les dents. Je m'en voulais de la faire souffrir.

Quand je me glissais enfin dans les draps, je veillais à ne pas l'effleurer, fût-ce d'un doigt de pied, et me pelotonnais, la tête dans l'oreiller, de l'autre côté du lit, en respirant le moins possible, dans un état proche de l'apnée. J'essayais de me faire tout petit. Je me disais que si je parvenais à devenir invisible, elle se remettrait peut-être à m'aimer comme au premier jour.

Le cancer est une habitude à prendre. Elle finirait par s'y faire avant qu'il soit établi, dans quelques mois, que je l'avais terrassé, les médecins ne semblaient pas avoir le moindre doute là-dessus. Alors, tout recommencerait comme au premier jour.

C'est ce que je me répétais, contre toute évidence, le dos tourné, sans tousser ni bouger, de crainte qu'elle ne tressaille, car le moindre son l'effrayait.

Je m'appliquais chaque nuit à disparaître ainsi et m'étonnais, quelques heures plus tard, de me réveiller encore vivant.

Dans la journée non plus, je n'avais pas le droit de la toucher : elle sursautait, frissonnait ou s'enfuyait. Elle m'autorisait toutefois à lui caresser les pieds qu'elle posait sur mes genoux quand nous regardions la télévision. Je lui pelotais la plante ou les doigts, jusqu'aux chevilles. Parfois, je remontais jusqu'aux genoux. Sous mes effleurements, elle fermait les yeux et poussait, certains soirs, des petits râles de plaisir que j'entends encore en écrivant ces lignes.

Mais quand je voulais pousser mon avantage un peu plus haut, elle me renvoyait d'une main ferme à mon territoire. Je me contentais de ce qu'elle me donnait. J'étais un pantin au bout de sa ficelle.

37

« Je suis comme tout le monde : un ventre qui va, une faim que rien ne rassasiera jamais. Tout fait panse chez moi. Les herbes mollasses qui luisent à perte de vue sous la poussière d'étoiles, laissée par la rosée du matin. Leurs racines trempées que j'arrache avec et qui fleurent le champignon. La terre au goût de vase qui me réchauffe le gosier. Parfois, une limace ou un escargot. Je ne crache sur rien. Si j'ai un Dieu, c'est le ventre qui guide mes pas... »

Ce sont les premières lignes d'un roman que j'ai commencé à cette époque, *Mémoires d'une vache*, une bête qui m'a toujours fendu le cœur, notamment quand je suis dans le train et que me revient en tête l'atroce formule, supposée drôle, de Paul Claudel : « Les vaches qui regardent passer les trains sont les mères des veaux qu'on mange dans les wagons-lits. » Végétarien au point de recracher une sauce si j'apprends qu'il y a du jus de veau dedans, je me sentais alors très proche de l'espèce bovine que je voulais célébrer.

Pour être plus précis, je m'identifiais aux veaux de mon enfance, lors de mes vacances à la campagne. Ils refusent toujours d'entrer dans la bétaillère qui va les emmener à l'abattoir. Le fermier et le maquignon leur courent après en poussant des hurlements pour les diriger vers l'entrée du véhicule. De temps en temps, les bêtes font semblant d'obtempérer, la tête baissée et l'air convaincu, avant de filer, soudain, de l'autre côté du clos.

J'étais le veau. Souvent, en fin de journée, après avoir échappé depuis le matin aux regards mortels d'Isabella, je flageolais sur mes pattes, comme les bêtes tremblantes, au poil hérissé et aux yeux exorbités qui attendent leur tour à l'abattoir en pleurant comme des enfants, dans un vacarme de fin du monde.

J'en étais là. L'aurais-je voulu, je ne serais pas arrivé à émouvoir Isabella. Chaque pas dans sa direction devenait une agression qu'elle ne pouvait tolérer. Chaque sourire. Chaque main tendue. Chaque lettre d'amour.

Pour ne pas souffrir, il vaut mieux détester celui que l'on trahit ou répudie. Isabella ne ménageait pas sa haine. Pour un peu, je me serais fait traiter de salaud de cocu, de raclure de cancéreux. Je ne pouvais lui en vouloir. Elle ne le faisait pas exprès. C'était à cause de la peur qui grandissait en elle et durcissait tout, ses gestes, ses paroles, les traits de son visage.

Toujours comme le veau qui, à l'abattoir, cherche des issues dans le couloir de la mort, je me suis mis en quête d'explications avec une lucidité inversement proportionnelle à mon affolement.

Un jour, je décidai qu'elle ne supportait plus notre différence d'âge (un quart de siècle) ni l'odeur que je traînais derrière moi. À l'approche de la soixantaine, je commençais à sentir le vieux, ce mélange d'urine fermentée et de citron pourri. J'avais beau me laver le matin et le soir, parfois à midi aussi, je n'arrivais pas à me débarrasser de ces relents d'hospice.

Le lendemain, je me reprochais d'avoir sapé, par ma seule présence, son entreprise de purification par la solitude, la nature, le silence et l'ascèse. Même si je jouais à l'homme des champs contemplatif, j'incarnais tout ce qu'elle avait fui : le monde, le bavardage, la télévision, la pollution, les apparences.

Une autre fois, je me disais qu'elle ne supportait plus mon caractère efféminé et rêvait depuis longtemps d'un homme qui pisse debout et se moque d'arroser le siège des W.-C., au lieu du tocard aviné, cancéreux de surcroît, qui aimait faire les courses, s'occuper des enfants, lire les magazines féminins.

J'étais sûr aussi qu'elle m'avait quitté pour un autre et je cherchais cet homme partout. Dans la mémoire de son téléphone portable. Dans la boîte à e-mail de son ordinateur. Dans les poubelles, quand je rentrais de l'enregistrement de mon émission à Paris, pour y trouver un préservatif usagé, un mot compromettant. Dans le bleu de ses yeux qui ne mentaient pas, quoique je ne l'eusse pas juré.

Sans doute cet homme n'existait-il pas, ou si peu, à peine essayé, déjà jeté. Eût-il vraiment existé, la culpabilité d'Isabella aurait au moins adouci sa voix et son regard. Ils me glaçaient. On aurait dit que je venais de commettre un crime.

Un des derniers soirs avant la date limite de notre période probatoire, j'avais eu l'idée saugrenue de poser ma main sur son épaule, près du cou. Elle se dégagea avec une expression d'épouvante : elle avait la chair de poule.

38

J'étais plus que d'ordinaire un personnage comique. Tout gonflé de ballonnements, une sorte de montgolfière géante. L'illustration vivante de la réplique du duc de Vendôme après que Louis XIV lui eut demandé en lui montrant une colline à Versailles :

« Vous rappelez-vous qu'il y avait là un moulin ? »

Alors, le duc :

« Oui, Sire, mais si le moulin n'y est plus, le vent y est toujours. »

J'étais le vent et j'en faisais tout le temps. Une usine à gaz. C'était, avec les mictions, l'une des conséquences de mon opération.

Depuis lors, quand j'ai un pet qui court, je le garde en moi, affolé à l'idée qu'il ne m'échappe, et j'attends qu'il n'y ait plus personne pour m'en libérer. Si la femme que j'aime entendait mes déflagrations, je crois qu'elle ne supporterait pas de rester une seconde de plus avec moi.

Même chose pour les mictions. Je ne suis plus qu'un filet d'urine coulant sans discontinuer et je me soulage si souvent que je me demande si je ne devrais pas installer mon bureau dans les toilettes.

Dans *Le gai savoir*, le livre de Nietzsche que je préfère, j'ai trouvé un jour cette formule que j'ai notée aussitôt : « L'être humain sous la peau est pour tous les amoureux une abomination et une pensée monstrueuse, un blasphème envers Dieu et envers l'amour. » Je savais que, pour reprendre Isabella, il fallait qu'elle croie que j'étais *âme et forme*, une sorte de pur esprit, comme aux premiers jours, et non plus ce ramas de chairs urineuses qui lui demandait grâce.

Souvent, notamment en fin de semaine, Isabella me laissait la garde des filles pour aller à la pêche. Elle revenait toujours sans poisson, mais je me faisais une raison : ses petites excursions lui rendaient sa bonne humeur pour quelques heures.

Nous approchions de la fin. Après avoir été le veau, je devenais le rat dans une maison dont on bouche une à une les issues. À intervalles réguliers, une nouvelle porte était condamnée, une fenêtre, un soupirail. Il me restait de moins en moins d'air. Un jour, elle cessait de répondre à mes questions autrement que sur le mode laconique. Quelque temps plus tard, elle quittait la maison sans me dire où elle allait. Il fallait que je m'y habitue.

Je ne m'y habituais pas. On ne s'habitue pas à la mort. Ni à l'agonie d'un très grand amour. Pour oublier, je me noyais dans l'alcool et dans mes livres, mais je finissais toujours par remonter à la surface. C'est ainsi que je mourais chaque soir et ressuscitais le matin en sautant de mon lit comme un ressort, la narine flairante, impatient de découvrir la nouvelle journée qui s'offrait à moi.

Je me souviens qu'un de mes vieux collègues de travail, André Frossard, l'ami de Jean-Paul II, m'avait dit en rigolant sur son lit d'hôpital, quelque temps avant sa mort : « Quand on est malade comme moi, la schizophrénie a des avantages. La moitié de ma personne gémit à fendre l'âme et l'autre s'en fout complètement. »

C'est une bonne affection, je peux en témoigner. Moi aussi, j'ai toujours été schizophrène.

39

Le 25 avril ****, à l'expiration du délai, Isabella m'annonça qu'elle me donnerait sa décision trois jours plus tard. Il lui fallait réfléchir encore.

« Pourquoi trois jours ? lui dis-je. Ne crois-tu pas qu'il est temps de mettre fin à ce supplice ?

— C'est notre avenir qui se joue.

— Heureux de te l'entendre dire. Mais ta religion est faite, n'est-ce pas ? »

Elle secoua la tête. Je suis sûr qu'Isabella était sincère. C'est son corps qui lui dictait sa conduite. Elle voulait savoir si elle pouvait passer par-dessus le dégoût qu'elle avait de moi.

Le jour fatidique, je l'attendais dans la cuisine où j'avais pris mon petit déjeuner. Je tuais le temps en feuilletant de vieux journaux.

« Alors ? demandai-je d'une voix tremblante, quand elle apparut dans l'embrasure de la porte.

— Laisse-moi m'asseoir.

— Tu as décidé ? »

Elle soupira et je commençai à transpirer. En moins de temps qu'il ne faut pour l'écrire, ma chemise était trempée comme une soupe. J'en déboutonnai le haut, avant d'ouvrir la fenêtre, mais sans résultat.

Il fallut attendre qu'Isabella arrive à la moitié de son bol de thé vert pour que tombe le verdict :

« J'ai bien réfléchi, Antoine. Nous ne sommes pas faits l'un pour l'autre.

— Mais si, Isabella.

— Nous l'avons cru, mais c'était une illusion.

— Une illusion qui a duré six ans.

— Et alors ? Il y en a qui ont duré des millénaires. »

Écrasant comme tous ceux qui suivent les ruptures, quand on est si enfermé en soi qu'on n'entend plus rien, un long silence me confirma que c'était fini et qu'il fallait en prendre son parti.

Quelques grosses gouttes de sueur tombèrent sur mes chaussures. Je les essuyai avec soin. Je n'avais rien d'autre à faire.

Quand Maria et Alessandra arrivèrent dans la cuisine, il me sembla qu'elles avaient compris ce qui venait de se passer : leurs yeux étaient empreints de gravité. Nous les regardâmes manger leur petit déjeuner avant de leur annoncer que nous nous quittions.

C'est Isabella qui s'acquitta de cette tâche ; je me contentai d'opiner. À quatre ans et demi, pour l'aînée, et presque trois, pour la cadette, nos filles avaient apparemment saisi la situation : je crus voir leurs lèvres trembler et, ensuite, il fallut attendre un peu pour que le jardin retentisse à nouveau de leurs cris et de leurs rires.

Je fis mes cartons et mes valises, au milieu des mouches. C'est à dater de ce jour que j'ai été l'objet d'un phénomène étrange. Je ne parviens pas à me l'expliquer et n'ose en parler à personne, mais je vois des mouches partout, que je chasse parfois de la main avec la sensation désagréable d'être un peu dérangé. Des mouches imaginaires, s'entend.

Quand ma voiture fut pleine, je filai, laissant quelques affaires dans ma maison de famille de Mérindol, avant de prendre la direction de mon studio parisien.

J'arrivai à Paris en fin d'après-midi. J'allai acheter un costume, trois chemises et une paire de chaussures. Je pris rendez-vous chez le dentiste et appelai Anne-Élisabeth qui me dit à voix basse qu'elle me téléphonerait le lendemain, ce qu'elle oublia de faire : elle devait être avec son nouveau prétendant, un diplomate à particule, affairiste de surcroît, qui avait toujours l'air de sucer un citron. Un faisan institutionnel. Je préférais qu'elle se laisse conter fleurette par ce genre de personnage : ça me laissait une chance de revenir un jour. J'avais en effet pour elle, comme pour Djamila, de nouvelles bouffées d'amour.

Le soir, je retrouvai Lisa dans un café de la rue du Bac. Quand je lui déclarai ma flamme, je fus apparemment si convaincant qu'elle me sauta au cou et m'embrassa. Je payai l'addition et nous continuâmes à nous embrasser tout en marchant.

Au bout d'une vingtaine de minutes, Lisa prétendit avoir un dîner et s'enfuit avec un air à peu près aussi égaré que le mien.

Je ne regrettai pas son départ. J'avais un mauvais goût dans la bouche.

40

Le lendemain, j'ai décidé d'aller voir Cindy, ma première femme. Une intellectuelle américaine marxiste, pardonnez ce pléonasme, coiffée en garçonne, le ventre plat et les mollets galbés par l'heure de course à pied qu'elle s'infligeait au moins quatre fois par semaine, qu'il pleuve ou qu'il vente.

Je ne sais ce qui a cloché entre nous. Nous nous sommes détachés l'un de l'autre sans nous en rendre compte. Elle ne se nourrissait que de graines, ce qui m'a fatigué, puis contrarié, enfin fâché, d'autant qu'elle tenta, sans succès, de m'imposer ce régime. Elle élevait nos deux enfants, Frédéric et Sylvie, avec des méthodes qui consistaient, et je caricature à peine, à s'extasier devant leur moindre fait et geste, leur caca, un bon mot ou une fresque au feutre sur les murs du salon. Il ne fallait jamais rien leur dire, je n'avais le droit que de les applaudir. Enfin, Cindy était agent littéraire, un as de l'édition internationale, copine de Saul Bellow et de

Norman Mailer, et qui réussissait bien mieux que moi. Professionnellement, s'entend. Sous prétexte d'éthique, elle n'a jamais voulu faire jouer ses relations pour me faire publier aux États-Unis, ce dont j'ai toujours rêvé.

Je l'ai trouvée plus vieille que lors de ma dernière visite, huit mois plus tôt. Elle avait les paupières lourdes, comme si elle sortait d'une grosse cuite, et de plus en plus de rides entre le nez et les lèvres, ce qui, à partir d'un certain âge, permet d'évacuer plus facilement la morve des narines vers la bouche. J'ai aussi remarqué un nouveau bourrelet en haut de son cou, ce qui lui assurait un quadruple menton, en attendant le quintuple qui ne manquerait pas d'arriver. Nous avions le même âge mais celui qui nous aurait vus ensemble, ce jour-là, aurait été en droit de penser que c'était ma mère ou même ma grand-mère. Elle avait des excuses.

« Comment ça va ? » dis-je en posant ma main sur la sienne.

Elle ne répondit pas. Elle ne répondait jamais.

« Je suis venu te demander pardon, continuai-je. Il y a longtemps que je voulais le faire. Je sais que ça ne réparera rien, mais je me suis mal comporté avec toi et je le regrette chaque jour. »

Son visage n'exprimait rien. Sans le tic qui lui tirait le coin de la paupière gauche à intervalle régulier, on aurait dit une mer d'huile. Le calme plat.

« J'ai un cancer, poursuivis-je, et je viens de me faire plaquer. Chacun son tour, diras-tu. Encore que tu n'aies pas eu de cancer, toi, et que, dans notre histoire, je ne sais pas trop qui a plaqué l'autre. Je t'ai trompée, d'accord, mais tu n'as jamais essayé de me récupérer. Je crois même que tu étais contente d'avoir de bonnes raisons de casser avec moi... »

Il y eut un silence de quelques minutes et je repris :

« Tu méritais mieux qu'un type aigri et velléitaire. Avec ça, prétentieux et complexé, qui en voulait à la terre entière pour ses échecs. Une caricature de Français. Je t'ai fait perdre beaucoup de temps. Il est vrai que j'ai passé ma vie à le perdre ; j'ai toujours couru deux lièvres à la fois, le très grand amour et le très grand roman. En fin de compte, je n'en ai attrapé aucun. Je croyais que, quand on n'a pas de talent, il suffit d'avoir de l'ambition, mais non. Vois-tu, je ne suis qu'un homme abandonné, et un écrivain sans livre. Ce n'est pas faute d'en avoir publié, pourtant. »

Je m'approchai de Cindy et me penchai sur elle. La poitrine encombrée de glaires, elle était raide sur son lit de comateuse, relié au monde par le tubage et les perfusions. Je ne crois pas qu'elle pouvait m'entendre, avec le bruit d'enfer du respirateur artificiel. J'élevai donc la voix :

« Je vais essayer un dernier coup, un gros coup. Il y a quelque temps, Michel Tournier, tu te rappelles, l'écrivain qu'on aimait tant, m'a raconté l'histoire de Goethe qui, à la suite d'un chagrin d'amour, décide de se suicider. Après réflexion, il change d'avis et tire un roman de cet épisode de sa vie. Ce sera *Les souffrances du jeune Werther* qui le rendra riche et célèbre. Je vais faire pareil : comme ça, ma douleur aura un sens. C'est ce que prétendait Kleist : "Toute douleur a un sens quand la grâce de la création lui a été accordée." Je pense que je vais arrêter tous mes romans en cours et me mettre très vite à celui-ci. J'ai trouvé un titre : *Un amour absolu.* Qu'en penses-tu ? »

Elle ne bougea pas les lèvres ni les mains. Chaque fois que je lui rendais visite, dans sa clinique de Neuilly, j'attendais un signe de ce genre, mais elle restait au niveau 2 du coma où elle végétait depuis son accident de voiture, il y a huit ans. Nos deux enfants refusaient qu'on la débranche. Je les approuvais.

Je caressai son visage, ses seins, puis ses bras, sur lesquels je m'attardai :

« Je voudrais écrire un livre qui, enfin, te rende fière de moi, un truc sur la bêtise des hommes et sur la mienne en particulier, une démolition des prétendues passions et une apologie de l'amour vrai, celui que tu m'as donné et que j'ai été incapable de recevoir. Désolé. »

En prononçant ce mot, je songeai à Isabella qui le détestait tant et je vis, sur ma gauche, une mouche que j'écartai d'un grand geste du bras.

Sans doute une mouche imaginaire. Il était temps de partir.

« Je te tiendrai au courant », dis-je.

J'ai embrassé Cindy sur le front. Il était moite et froid. Mon temps d'autonomie était largement dépassé, il fallait que j'aille aux toilettes. J'y restai un long moment avec une sorte de complaisance morbide. En sortant, je me sentais aussi libre que léger.

Avant de rentrer chez moi, je tombai sur le clochard à tête de cadre déclassé que je gratifiais chaque jour d'un petit billet. Pour la première fois, j'ai croisé son regard, qui me rappela quelque chose que j'avais lu naguère sous la plume de Julien Green : « Il y a autant de générosité à recevoir qu'à donner. »

Je lui donnai quand même son obole.

41

Nos deux filles me manquaient, mais je ne crois pas que je leur manquais. Avant même que le divorce fût prononcé, il était entendu avec Isabella que j'aurais la garde des enfants un week-end sur deux et la moitié des vacances. La première fois que je vins les chercher, Alessandra refusa de me suivre : elle poussait des cris de porcelet.

On aurait dit une crise d'épilepsie, avec des convulsions, l'œil blanc et de la bave aux lèvres. Il me sembla qu'Isabella n'observait pas ce spectacle sans déplaisir. Je ne me laissai pas démonter. Professionnel du divorce, je pris Alessandra de force, au nom du principe selon lequel les enfants n'ont pas à choisir entre les parents séparés mais doivent, au contraire, se conformer aux règles établies. J'avais décidé d'emmener mes deux filles à Cassis avec Mehdi, mon fils bègue.

C'était en mai. J'avais réservé une grande chambre dans un hôtel deux étoiles avec vue sur le port. Le samedi, nous passâmes la journée à la plage. Une journée de rêve, où le ciel se mélangeait à la terre et abolissait tout : les êtres, les choses, les couleurs, les lumières. Je fus une mère pour mes enfants que j'enduisais continuellement de crème solaire tout en les gavant de sucreries sur lesquelles je prélevais ma dîme.

Le dimanche, après que les cloches de l'église Saint-Michel eurent sonné la fin de la messe, il y eut une bataille de vents dans le ciel. Elle attira de partout des nuages de plus en plus nombreux, puis foncés, tandis que montaient des bruits de galop du fond de la mer.

Il fallait rentrer. Après un crochet à Forcalquier, pour déposer Mehdi chez sa mère, je pris la direction de Mallemort. Il pleuvait des cordes et du sable : les nuages recrachaient les morceaux de désert qu'ils avaient avalés au Sahara.

Les essuie-glaces étalaient sur le pare-brise la boue sablonneuse qui tombait et j'y voyais à peine. C'est pourquoi je roulais lentement. J'étais presque arrivé à destination quand il me sembla que ma voiture avait heurté un sac. Je pilai et descendis.

Il y avait une forme par terre. Un septuagénaire aux cheveux blancs, avec des vêtements comme des serpillières. Je crus qu'il était mort. Pour le principe, je me penchai sur lui :

« Monsieur ? Vous allez bien ? »

Il cligna les yeux et répondit :

« Comme ça peut.

— Vous n'avez rien ?

— Attendez un peu, je vais vous le dire.

— Voulez-vous que j'appelle les secours ?

— Surtout pas. Je ne veux pas aller à l'hôpital. »

Deux voitures s'étaient arrêtées ; les conducteurs avaient accouru et me jetaient des regards désapprobateurs. L'un d'eux, un gros à moustache, connaissait ma victime :

« Monsieur Puisard, lui dit-il, qu'est-ce qu'il vous a fait ? Il ne pouvait pas regarder devant lui, ce monsieur ?

— Je ne comprends pas ce qui est arrivé, soufflai-je.

— C'est toujours ce que disent les chauffards. Vous ne croyez pas qu'il faudrait appeler la police, monsieur Puisard ?

— Laissons-la en dehors de tout ça. »

Sous la surveillance des deux conducteurs, j'aidai M. Puisard à se relever et constatai avec soulagement qu'il tenait sur ses jambes.

« Voulez-vous que je vous raccompagne ? lui demandai-je.

— Vous me devez bien ça. »

Je lui prêtai mon épaule jusqu'à la voiture où il entra avec difficulté avant de s'asseoir en grimaçant.

« Vous ne m'avez pas raté, dit-il quand je fus entré à mon tour.

— Vous avez mal ?

— Heureusement que vous rouliez comme une limace. »

Chaque fois qu'il ouvrait la bouche, une forte odeur de vinasse entrait dans mes narines. Il avait, de surcroît, une voix pâteuse qui ne laissait aucun doute sur son ébriété.

Il habitait, à Pont-Royal, une petite maison qui donnait sur la nationale 7. Après que j'eus arrêté la voiture devant, il m'observa avec un sourire entendu :

« Je crois qu'un petit dédommagement serait le bienvenu. »

Je pris mon portefeuille, l'ouvris et en sortis plusieurs billets. Il les compta avec un air sceptique, puis :

« Je n'appelle pas ça un dédommagement. Vous m'êtes quand même rentré dedans. »

J'ajoutai quelques billets.

« Je ne crois pas qu'on va se mettre d'accord, dit-il. N'oubliez pas qu'il y avait des témoins et que, dans quelque temps, je pourrais très bien avoir des séquelles.

— Voulez-vous un chèque ?

— Ça serait une bonne idée, sans vouloir vous commander. »

Quand il m'indiqua le montant qu'il souhaitait, je restai bouche bée un moment avant d'obtempérer.

Le soir, quand je rentrai à Mérindol, après avoir reconduit les filles chez leur mère, je fis ce qu'il y a de mieux à faire quand on veut oublier : je bus longtemps, beaucoup, méthodiquement, comme un ivrogne professionnel.

42

Squelettique et nu comme un ver, je rampe péniblement sur des dalles de marbre blanc. Rien ni personne à l'horizon. Il fait très froid et j'avance sur les coudes en grelottant jusqu'à ce que je tombe sur Isabella, assise sur une chaise et emmitouflée dans un grand manteau marron foncé, une grosse écharpe enroulée autour du cou. Elle tient un fusil entre les mains. Je tente de me lever. Elle vise la tête et tire.

J'ai fait ce rêve quelques jours après la mort officielle de notre très grand amour, le 28 avril ****. Il est souvent revenu me visiter la nuit. Il y a des variantes. Parfois, je porte un slip et Isabella un imperméable, mais il se termine toujours de la même façon, par le coup de feu, avant que le sang et la cervelle n'éclaboussent le marbre aussi glacé que ma carcasse.

Isabella m'a tué. Par ses gestes, ses regards et ses paroles, elle n'a cessé de me renvoyer à mon cancer et à ma mort. Un jour que je l'appelais au secours, pendant le délai de grâce, sa sœur

Francesca m'avait donné la clé de tout : « Elle veut que tu meures parce qu'elle a trop peur que tu meures. » Sur le coup, je crus que c'était une boutade. Quelque temps plus tard, je compris que son jugement était marqué au coin du bon sens avant de vérifier sa pertinence auprès d'une des plus hautes autorités de la psychanalyse.

Un soir, Liliane est venue me rendre visite à l'improviste, dans ma maison de Mérindol. Une vieille amie, du genre maternel, avec de gros seins entre lesquels on a envie de fourrer son nez pour trouver du réconfort ou noyer ses chagrins. Elle voulait évoquer avec moi plusieurs démarches que j'étais censé avoir effectuées pour une association d'aide aux détenus que nous portions à bout de bras. Non seulement, je n'avais rien fait, mais je ne répondais pas à ses coups de fil. Après qu'elle eut dévidé ses griefs, je finis par tout lui raconter. Mon cancer. Ma rupture. Mon désarroi. Elle m'écouta avec attention puis laissa tomber :

« Excuse-moi de te dire ça, mais c'est très banal, comme histoire. Sauf que d'habitude, après un cancer, ce sont les hommes qui partent.

— Justement, je suis une femme.

— Il m'est arrivé la même chose, tu sais.

— Je n'avais pas fait le rapprochement entre ton cancer et ta rupture.

— Ils étaient pourtant concomitants. Quand j'ai su que j'avais un cancer du sein, j'ai refusé qu'on me retire mes deux nichons, comme le voulait mon médecin. Mon mari les aimait tellement, tu comprends. Il les pelotait tout le temps. Je me disais qu'une amputation risquait de mettre mon couple en péril. J'ai donc choisi l'irradiation contre la chirurgie.

— Comme moi.

— Comme toi. Quand je suis rentrée de l'hôpital, j'étais toute fière mais, la première nuit, mon mari ne m'a pas touchée et il s'est carapaté le lendemain sans un mot d'explication. Je l'attends toujours, ce mot. Cela fait huit ans.

— Elle non plus ne m'a pas dit pourquoi elle rompait.

— Tu ne dois pas lui en vouloir, Antoine. N'importe quel psychanalyste t'expliquera que ce n'est pas sa faute. Telle que tu me l'as décrite, c'est une phobique. Tu es devenu sa phobie. »

En somme, j'étais pour elle comme l'avion, le métro, les églises, les araignées ou les rassemblements de plus de quatre personnes. Tout découlait de là. Les tressaillements, la chair de poule, le regard de brebis affolée quand je m'approchais.

Sur le conseil de Liliane, j'ai pris rendez-vous avec une sommité régionale de la psychanalyse. Un homme en tee-shirt et baskets, avec un regard d'une grande bonté. J'aimais bien quand il était posé sur moi. Dessous, on se sentait plus fort et même indestructible.

Il me décrivit Isabella avec une précision inouïe. C'était un cas d'école : Isabella était inapte à la vie en société parce que convaincue de n'être jamais à la hauteur et angoissée à l'idée de se retrouver coincée. Dans un dîner en ville ou sur un siège d'avion. Pour échapper au monde extérieur, elle multipliait les dérobades et les fausses excuses. Sortir était pour elle un martyre.

Quand je lui demandai s'il fallait envisager une thérapie, il répondit qu'il était inutile de s'illusionner : comme tous les phobiques, elle tenait plus à son symptôme qu'à elle-même. Rien ni personne ne pourrait entamer le cocon où elle entendait végéter, jusqu'à son dernier souffle. Depuis des années, elle ne consentait à vivre qu'à petit feu. Prise de panique par le moindre changement d'horaire, comme une petite vieille, elle s'était installée dans la chronocisation : ses journées étaient programmées à la minute près. Je revois encore son air angoissé quand nous prenions nos repas un peu après l'heure rituelle. Je me rappelle aussi ses coups de fil terrifiés quand je rentrais en retard des courses.

J'ai déjà dit qu'Isabella était épicurienne. Elle se moquait de ne pas profiter de la vie, pourvu qu'elle cessât d'avoir peur. De Dieu, de la mort, de la douleur et, surtout, de tout ce qui pouvait bouleverser ses habitudes. C'est ainsi qu'elle s'était condamnée à une petite existence étriquée, alors qu'elle valait infiniment mieux.

Je venais de chasser à deux reprises une mouche imaginaire quand le psychanalyste laissa tomber :

« Il vaut mieux que j'arrête là. Dans notre profession, ce n'est pas du tout déontologique de parler comme ça de quelqu'un qu'on ne connaît pas. »

Il me fixa de ses yeux très doux, puis murmura :

« Et vous ? »

Je me levai en secouant la tête. Une psychanalyse ne me tentait pas. D'abord, parce que je ne me voyais pas raconter ma vie, ni à lui ni à personne. Ensuite, parce que je ressentais dans ma vessie des élancements atroces. Quelques gouttes d'urine mouillaient déjà mon caleçon. Si je ne me soulageais pas dans la seconde, je ferais sous moi.

Après avoir demandé la direction des toilettes, je filai sans demander mon reste.

43

J'étais monté à Paris pour discuter avec un producteur de l'émission littéraire que j'allais présenter, la saison suivante, sur la télévision publique. La méchanceté me réussissant bien, j'allais prendre du galon, mais en quatrième partie de soirée.

J'avais fait le trajet en voiture, avec l'envie constante d'aller dans le décor. Un coup de volant et j'aurais cessé de souffrir. C'était tentant. Mais je ne passais pas à l'acte. Chaque fois, j'attendais le virage suivant. Je remets toujours tout à plus tard. Même quand je me suicide. C'est ce qui m'a sauvé.

Pour ma négociation du lendemain, je n'avais aucune inquiétude : je m'y rendais avec un avocat que m'avaient conseillé des amis du monde audiovisuel. Un doberman dans un corps de teckel. Mais je ne parvins pas à fermer l'œil de la nuit. Il me manquait une partie de moi-même, qu'Isabella avait gardée. Depuis notre rupture, ce grand vide m'épuisait et m'empêchait de dormir.

Je me disais que je me retrouverais seulement dans l'au-delà.

Après avoir remué dans ma tête les meilleures façons d'en finir et opté, en dernier ressort, pour le sac en plastique, je commençai un nouveau roman, *Hasards*, l'histoire d'un homme qui cherche à se suicider mais n'y parvient jamais, jusqu'à ce qu'il meure par accident, écrasé par une voiture, en traversant un passage clouté.

Quand l'inspiration me manqua, je bus le quart d'une bouteille de whisky et deux verres de pastis puis grattai les trois quarts d'une page d'*Un amour absolu*, qui en comptait déjà vingt-neuf. Les mots cessant de venir, je relus des poèmes d'Omar Khayyam, puis *La nuit* d'Elie Wiesel, avant d'avaler plusieurs gorgées de vodka. Après quoi, j'allai inspecter sous l'évier ma réserve de sacs en plastique. Aucun ne pouvait faire l'affaire. Tous trop fragiles.

Je jetai donc mon dévolu sur un sac-poubelle noir, couleur qui s'imposait, avant de chercher quelque chose pour le nouer, un élastique ou une cordelette. Je ne me souvenais pas en avoir acheté pour le studio mais, l'alcool aidant, j'étais sûr d'en trouver. Mes recherches furent interrompues par deux coups de sonnette à ma porte.

Il était plus de minuit. Pour qu'on me dérange à cette heure, il fallait que ce fût important. La porte s'ouvrit sur mon voisin, qui l'était en effet.

Patron d'une entreprise d'import-export avec l'Amérique latine, c'était un homme au visage tourmenté, un labyrinthe de rides sur le front et des rosaces mauves autour des yeux. Le genre de type qui prend tout à cœur, l'essentiel et le superflu. Il semblait paniqué. C'est pourquoi j'ai tout de suite pensé à une fuite d'eau.

« Excusez-moi, dit-il, mais je voudrais vous demander ce qu'on peut faire contre George W. Bush.

— Je ne sais pas. Comme ça, de but en blanc, c'est difficile à dire.

— Je vous ai vu à la télévision, vous connaissez beaucoup de choses, vous devez bien avoir une idée.

— Ça dépend de ce que vous entendez par idée.

— Il faut faire quelque chose, monsieur Bradsock. Si on le laisse faire, ce maniaque de Bush va nous foutre la guerre partout. Je crois que des hommes comme vous doivent se mobiliser. Vous avez une autorité morale… »

J'aurais dû éclater de rire, mais l'alcool avait mis mon surmoi en pièces et c'est tout juste si je ne me suis pas rengorgé. Je crois qu'il me flattait outrageusement car il venait de comprendre qu'il tombait mal. J'étais en robe de chambre, l'air ahuri, avec de petits yeux, et parlais entre les dents, afin que les relents qui marinaient en moi ne lui parviennent pas aux narines. Il me semble qu'il les sentit quand même.

Il demanda, comme saisi d'une inspiration :
« Je vous dérange ?
— Non, pas du tout. »
Après ma femme, j'étais en train de perdre mon caractère. J'eus un sursaut :
« En fait, vous m'avez réveillé.
— Pardonnez-moi, monsieur Bradsock. J'avais vu de la lumière.
— J'étais tellement fatigué que je me suis endormi sans éteindre. »
Il semblait embarrassé et, pour le mettre à l'aise, je tentai de revenir au sujet qui l'avait amené :
« Que peut-on faire contre George W. Bush ? »
J'étais trop bourré pour répondre. Aussi me contentai-je de répéter sa question deux fois de suite, avec un air absorbé. Il l'interpréta comme une invitation à prendre congé et, dès qu'il eut refermé la porte, je suis allé replacer sous l'évier le sac-poubelle qui m'attendait sur le lit.

Depuis, chaque fois que je croise mon voisin dans le hall d'entrée, j'ai envie de le remercier. C'est peut-être grâce à lui que je suis encore vivant. Grâce aussi à ma fille Sylvie et à ma sœur Florence, qui me téléphonaient sans arrêt, pendant ces jours noirs. Grâce encore à mon vieil ami Nicolas, journaliste littéraire, dont j'avais reçu la veille, à Mérindol, une lettre où il écrivait : « Si tu en as marre d'être seul dans ton coin à ruminer ta douleur, de te taire pour ne pas pleurer, de parler pour ne rien dire, de faire semblant de jouer les hommes forts, d'écouter les cons qui ne sauront jamais comme l'amour peut faire mal, alors, appelle-moi. Et on boira des coups... »

Béatrice a terminé le travail en me rendant visite, le lendemain.

44

Permettez-moi d'en finir avec le passé et de poursuivre ce récit au présent, car j'en viens à ma résurrection. Je la dois à Béatrice, ma deuxième femme, une ancienne illustratrice de livres pour enfants, peintre à ses heures, reconvertie dans les relations publiques de chefs d'entreprise dont elle est à la fois la psy et la nurse, au point que je me demande si elle ne les borde pas aussi dans leur lit, le soir. En tout bien, tout honneur, cela va de soi.

Elle est pourvue d'un beau nez busqué, qui m'électrisa dès notre première rencontre. On ne dira jamais assez le pouvoir érotique de cet organe. En l'espèce, il lui donne des complexes et j'ai naguère menacé Béatrice des pires représailles au cas où elle déciderait, idée qui la travaille, de se le faire raboter. J'espère qu'elle mourra avec lui. Il lui va si bien.

Malgré ses cheveux blancs, elle a le même air de petite fille espiègle qui m'ensorcela jadis. En l'observant, je me dis qu'elle ne change pas, du moins à l'intérieur, et je succombe à son charme mutin, l'espace d'un instant. Il y a une quinzaine d'années que nous avons divorcé, mais il me semble toujours qu'on vient juste de se quitter. J'ai encore le goût de sa bouche dans la mienne.

« Qu'est-ce qui t'est arrivé ? demande-t-elle en regardant mes ecchymoses.

— Rien. Je suis tombé. »

Elle apporte l'air frais de la rue et, après l'avoir embrassée, je le respire profondément en lui faisant signe d'entrer.

« J'espère que je ne te dérange pas, dit-elle.

— Jamais.

— Les enfants m'ont dit que ça n'allait pas fort. »

Nous avons eu deux enfants ensemble : Deborah et Valdemar, qui travaillent tous les deux dans la finance, l'une à Londres, l'autre à New York. Ce sont eux qui lui ont donné ma nouvelle adresse. Je ne savais pas qu'ils s'intéressaient à moi. Je ne parviens pas à réprimer un sourire de contentement.

Elle vient toujours avec des cadeaux. Des livres, des confitures ou des chocolats. Parfois, une de ses peintures : un paysage ou une nature morte. Cette fois, elle m'offre *Les Braises*, un roman de Sándor Márai.

« Tu l'as déjà lu ? demande-t-elle en me tendant le livre.

— Non. Merci de t'occuper de ma culture.

— C'est un sujet pour toi : les dégâts de l'amour.

— Ce serait un bon titre.

— Je te le donne. »

Avec un regard consterné pour le désordre qui règne dans le salon, Béatrice s'assoit sur le canapé :

« Ôte-moi d'un doute, Antoine. Tu n'es pas en train de nous faire une dépression à cause de cette fille.

— Je ne crois pas. Veux-tu du café?

— Avec plaisir. »

Béatrice se lève et me suit dans la cuisine pour continuer la conversation. Elle remarque l'inscription sur le paquet de café : « Commerce équitable ».

« Alors, dit-elle, toujours écolo-décroissant-tiers-mondiste?

— Toujours.

— Tu ne te sens pas en contradiction avec ton personnage médiatique?

— Je ne vois pas le rapport.

— Moi non plus, d'ailleurs. »

Elle rit. C'est tout Béatrice : elle adore me piquer pourvu que ça ne me touche pas. Une bonne nature, spécialiste de l'humour indolore.

Après avoir désigné d'un geste dégoûté le cimetière de bouteilles vides à l'autre bout de la cuisine, elle prend un air grave tout à coup :

« Il faut que tu te reprennes.

— C'est ce que je suis en train de faire.

— Non, je ne crois pas. L'été arrive. Tu devrais aller chez toi à Mérindol. T'occuper de tes oliviers. Faire du vélo.

— J'y pense.

— Fais-le. Pour l'amour de Dieu, respecte-toi un peu.

— Ne m'en demande pas trop. »

Ça m'a échappé. Je suis furieux contre moi. C'est pourtant la stricte vérité. Je n'ai jamais été à la hauteur. Depuis le temps que je me fréquente, notamment dans la dernière période, je me suis continuellement déçu.

Mon grand malheur est que je ne peux jamais penser une seule chose à la fois : les voix en moi me donnent toujours des injonctions trop contradictoires. L'esprit brumeux, je n'ai pris aucune des décisions qui ont orienté le cours de ma vie. Si j'excepte ma frénésie d'écriture, je me suis toujours laissé porter. Une main guidait la mienne. Souvent, elle la forçait. J'aime qu'on me force.

Si je fais volontiers le monsieur en roulant des épaules, je ne vais partout que d'une fesse. Dieu merci, ce n'est pas l'impression que je donne : j'aurais été cramé. Le monde n'aime pas les faibles. Pour donner le change, j'avance donc avec l'air conquérant, le regard fier, la mâchoire volontaire. À la longue, j'ai fini par faire illusion. C'est sans doute pourquoi je fuis la compagnie. J'ai trop peur de me trahir et d'apparaître tel que je suis, toujours en balance, entre deux eaux.

« Tu n'as aucune raison de te laisser aller, insiste-t-elle.

— Si, ma conception de la vie. Je suis devenu einsteinien.

— Peux-tu m'expliquer ?

— Moïse a dit : "Tout est Dieu." Lao-tseu : "Tout est dans tout." Jésus : "Tout est amour." Marx : "Tout est argent." Freud : "Tout est sexe." Einstein : "Tout est relatif." Même si je ne crache pas sur ce qu'ont dit ses prédécesseurs, je crois que c'est Einstein qui a raison, Béatrice.

— Permets-moi d'abaisser le débat pour te conseiller d'arrêter de boire.

— Mais je ne bois pas. Juste un peu.

— Tu pues de la gueule, mon pauvre vieux, on dirait que tu viens d'avaler une barrique d'eau-de-vie. Si j'allumais une allumette devant ta bouche, je suis sûre que tu exploserais. Veux-tu que j'essaye ?

— Je n'ai pas d'allumette.

— Tu vois. Tu es tellement pété que tu as perdu ton sens de l'humour. »

Le café est prêt. Nous sommes retournés dans le salon. Après avoir soufflé sur sa tasse, une manie qu'elle a toujours eue, Béatrice avale avec circonspection quelques gouttes brûlantes, puis chuchote :

« Si tu veux t'en sortir, il faut que tu la détestes. Que tu la vomisses.

— La haine ne se décrète pas, dis-je, reprenant la formule d'Isabella à propos de l'amour.

— C'est la seule façon de te guérir d'elle.

— J'ai essayé, je n'y arrive pas.

— Il n'y a pas d'autre solution. La haine, c'est la porte de secours des ruptures. Elle m'a sauvée quand nous nous sommes quittés, toi et moi. Si je ne m'étais pas forcée à te détester, je ne sais pas ce que je serais devenue.

— Je ne suis pas une femme, Béatrice.

— Mais si, justement! C'est ce que tu as toujours dit.

— J'ai d'abord pensé que la meilleure des vengeances possibles, c'était le pardon. Je lui ai pardonné. Mais plus j'y réfléchis, plus je me dis que c'est ma faute. Avec Isabella, j'étais trop sûr de moi. De nous deux.

— Qu'est-ce que tu as besoin de te sentir coupable?

— C'est simplement la vérité.

— Tu n'as qu'à la changer, la vérité. J'espère pour toi que tu ne comptes pas passer le reste de ta vie à te morfondre. Tu vaux mieux que ça, Antoine.

— Tu me surestimes.

— Tu te sous-estimes. De tous les hommes avec qui j'ai vécu, tu es celui que j'ai le plus aimé. »

Il y a un silence. Il faut bien que je savoure ce moment. La vanité est une sorte de démangeaison, on a tout le temps envie de se gratter au même endroit. Je m'apprête à lui faire répéter cet aveu quand Béatrice se met à caresser son nez dont je suis toujours fou :

« C'est avec toi que j'ai été le plus heureux.

— Je pourrais te renvoyer le compliment.

— Mais si c'était vrai, tu n'aurais pas employé le conditionnel. Quand tu m'as quittée pour Myriam à qui je ne comprends toujours pas ce que tu trouvais, j'étais bonne à jeter aux chiens. J'ai perdu seize kilos en un mois, et s'il n'y avait pas eu les enfants, je crois bien que je me serais suicidée. Or, regarde comme je vais bien aujourd'hui. J'ai encore un peu de nostalgie, mais pas trop, juste ce qu'il faut. »

Quand Béatrice est partie, son café bu, j'ai écrit jusqu'à onze heures avant de me préparer pour mon rendez-vous, en fin de matinée, avec le producteur de mon émission littéraire. Les mots peinaient à venir sous ma plume, mais ça ne m'a pas empêché de terminer un chapitre d'*Un amour absolu*.

John Steinbeck, l'un de mes auteurs de chevet, ivrogne vaguement communiste, puis anticommuniste, chaque fois quand il ne le fallait pas, disait qu'un écrivain est un être si retranché du monde qu'il continue à écrire après que le toit de sa maison s'est envolé et que sa femme a demandé le divorce. Qu'importe le malheur qui le bouffe pourvu qu'il puisse noircir du papier. Souvent, je me dis que je suis vraiment un écrivain. Au moins sur ce plan.

45

De retour à Mérindol, j'invite Djamila à déjeuner. Elle est professeur à Pertuis où, de l'avis général, elle fait des étincelles. Je lui dis que j'étais heureux qu'elle travaille et habite si près de chez moi : ça nous permettra de nous voir plus souvent. Elle a répondu par un sourire que j'ai dû mal interpréter.

Je ne l'avais entraperçue qu'une seule fois au temps de mon très grand amour, à la gare d'Avignon. N'écoutant que mon courage qui me disait de fuir, je lui avais adressé un petit salut de la main avant de filer dare-dare. En l'observant, je vérifie que j'avais raison : tout en cambrures, le regard volontaire, la bouche prête à avaler la mer et les poissons, elle est, à vingt-quatre ans, plus irrésistible que jamais.

Pour le repas, j'ai fait simple : melons, tomates, fromages et des quartiers de coing à l'eau-de-vie en dessert.

Quand nous arrivons au café, je glisse plusieurs allusions sur la suite des événements. Elle feint de ne pas comprendre. Je me fais plus insistant et prends sa main, une main d'haltérophile. Elle se dégage d'un air moqueur que j'interprète comme une invite. Quand je m'approche d'elle pour l'embrasser, elle me repousse avec si peu de ménagement que je manque de valdinguer.

« Qu'est-ce que tu cherches ? demande-t-elle.
— Devine.
— Non mais, tu t'es regardé ?
— À mon âge, on ne se regarde plus.
— Justement, c'est à ça que je faisais allusion : à ton âge.
— Je ne m'en souviens pas, il change tout le temps. »

Elle ne rit pas. Mauvais signe.

« Tu m'as trop maltraitée, s'écrie-t-elle. Comment peux-tu croire que j'ai envie de recommencer une histoire avec toi ? Parce que tu passes à la télé ? Parce que tu pourrais m'apprendre la vie ?
— Non, mais pour qu'on bâtisse quelque chose ensemble. Un projet.
— Quelque chose avec toi ? Tu rigoles ? »

Sa voix s'étrangle et Djamila s'interrompt un moment pour éclaircir sa gorge et reprendre son souffle.

« Écoute-toi un peu, reprend-elle. Tu geins, tu pleurniches, tu fais ton crucifié, mais qu'a-t-elle fait, ta dernière femme ? Elle t'a traité comme tu as traité toutes tes ex, sans ménagement, elle s'est comportée comme un homme...

— Mais elle n'en avait pas le droit. J'ai un cancer, Djamila.

— Et alors ? Un sauteur comme toi, je suis sûr qu'il a semé des cancers partout derrière lui. Tu es très mal placé pour faire la morale. »

Je hoche la tête non pas en signe d'approbation mais parce que j'en ai assez de cette conversation. Elle ne reçoit pas le message et poursuit en me regardant droit dans les yeux :

« J'ai mis du temps à te percer à jour, Antoine : tu n'es qu'un prédateur.

— Le mot est peut-être un peu fort, dis-je, ironique.

— Non, il est approprié. Comme tant d'hommes, hélas, tu n'es toujours pas sorti du stade paléolithique : tu continues à vivre de chasse et de cueillette. De femmes, s'entend. Je ne serai plus jamais ta proie. »

Elle se lève et sort sans un baiser ni un regard, mais son odeur est restée un long moment dans la maison. Je l'ai respirée très fort.

46

Après le départ de Djamila, j'ai enfourché ma bicyclette et suis parti en direction de Mallemort. Je me suis arrêté avant la maison de feu notre très grand amour, que j'envisageais de laisser, après le divorce, à Isabella, qui l'habitait toujours, et je me suis rendu dans ma cachette habituelle, au milieu de la haie de chênes qui borde la propriété, en surplomb : de là, j'ai une vue panoramique sur le jardin, la terrasse, la porte d'entrée.

La chaleur est étouffante et le soleil suce jusqu'aux os la terre qui agonise. J'ai pris une bière et je la bois en inspectant les lieux. Aucune trace d'homme. Ni voiture ni moto suspecte. Isabella sort vers les 4 heures pour étendre du linge et, un peu plus tard, les deux filles sortent en pépiant dans le jardin. Je pleure des larmes qui ne coulent pas.

Après quoi, je m'en vais sur ma bicyclette grimper quelques mamelons du Luberon jusqu'à Lauris où j'arrive, en nage, chez ma sœur Florence. L'après-midi s'achève. La terre commence à respirer un peu. Je meurs quand même de soif.

Tout en allant chercher une bouteille d'eau fraîche ma sœur m'annonce :

« Tu tombes bien. Je cherchais à te joindre. Je voulais t'inviter à dîner ce soir pour te présenter une fille qui te plaira.

— Il faut que je me change.

— Je te reconduis chez toi avec ton vélo, tu t'habilles et tu nous retrouves. »

Florence est comme toutes les femmes autoritaires : tout va pour le mieux dans le meilleur des mondes pourvu qu'on lui obéisse. Il ne me reste plus qu'à m'exécuter.

C'est de bon cœur que je me rends à son dîner. Elle a mis la table dehors et quand j'arrive dans le jardin où devisent déjà les invités, je tombe nez à nez sur une jeune fille aux yeux verts. Elle me regarde de haut : elle fait deux ou trois centimètres de plus que moi, et semble se ficher du monde. Même du soleil. Elle a la peau noire à force de le braver.

Elle se présente :

« Thérèse. »

Elle me propose un verre de la bouteille qu'elle tient à la main. Pendant qu'elle verse le vin rouge, je sens son souffle effleurer mes narines.

Nous sommes une dizaine, à ce dîner, et il n'y a pas de plan de table. Je me suis donc installé à côté d'elle et lui fais la cour. Oubliant tous les autres, je n'ai plus d'yeux que pour elle et son grand corps souple, plein de sang bouillant. Fille d'une maraîchère divorcée, assise en face de nous, elle tient un magasin de fruits et légumes à Cavaillon. Nous parlons potager, sujet sur lequel je suis inépuisable, notamment quand nous en venons aux tomates.

Je voudrais l'épouser. Il ne faut pas le lui dire tout de suite, cela va de soi. Je m'avance donc sans me découvrir :

« Je suis heureux d'avoir rencontré une femme comme vous, Thérèse.

— C'est gentil.

— Non, c'est la meilleure chose qui me soit arrivée depuis longtemps. »

J'entends soudain la voix de ma sœur derrière moi :

« Antoine, tu es demandé en cuisine. »

Je me lève. Elle me tire par la manche :

« Qu'est-ce qui te prend ?

— Merci, Florence. Tu ne pouvais pas mieux choisir. Je crois bien que je suis amoureux.

— Mais ce n'est pas d'elle qu'il s'agissait, c'est de sa mère.

— Sa mère ? Mais tu as vu son âge ?

— Elle a dix ans de moins que toi. Vous êtes bien assortis. C'est une femme très intelligente et très courageuse.

— Je préfère sa fille.

— Calme-toi, je t'en prie. Sa fille a trente-cinq ans de moins que toi et elle est prise. Elle se marie le mois prochain. À moins que tu ne parviennes à briser ce projet... »

Elle s'approche de moi et me caresse la joue avec le même geste que notre mère, autrefois :

« Tu es décourageant, mon pauvre. Quand est-ce que tu deviendras responsable ?

— Quand je serai vieux.

— Mais tu l'es, Antoine. Vieux.

— Je sais. C'est justement le problème. »

47

Dans la fraîcheur du matin, alors que les cigales dorment encore et que s'ébroue à l'horizon un soleil au teint de bébé, je suis en train d'arroser mes oliviers de Mérindol. Ils ne sont pas causants, ils détestent cette chaleur qui, dans la journée, les mord, les écrase, les fait bouillir.

Je ne suis pas sûr qu'ils boivent mon eau. Ils font la gueule, immobiles, en attendant des jours meilleurs. Ils se sont mis en sommeil. Une sorte d'hivernage d'été. Je caresse les branches de l'olivier le plus vieux, mon « cinq-centenaire », quand mon portable sonne dans la poche de mon jean. Un appel de Virgile, un vieil ami restaurateur à Toulon, le roi de la soupe au pistou.

« Comment va ? dis-je.

— Pas bien, répond-il d'une voix de l'autre monde. J'ai perdu ma femme.

— Qu'est-ce qu'elle avait ?

— Un amant.

— Pardon, j'avais compris qu'elle était morte.
— Pour moi, c'est pareil.
— Qu'est-ce que je peux faire pour toi ?
— Je voudrais passer deux ou trois jours chez toi. Pour me changer les idées.
— Viens quand tu veux, Virgile.
— J'arrive tout de suite. »

Il est étonné que je l'invite à Mérindol. Il croit que j'habite toujours à Mallemort. Je lui explique.

« Alors, murmure-t-il, toi aussi, malheureux. Je me souviens du mariage. Vous étiez l'image même du bonheur.

— Il faut se méfier des images, dis-je. Et aussi des mariages. »

Quand Virgile arrive, environ une heure plus tard, je le reconnais à peine. C'est un squelette, les orbites marron, une barbe de trois jours, une sciatique qui le tord et une toux à faire fuir tous les oiseaux du canton.

Sa femme a vingt-sept ans. Il en a soixante-deux. Chaque fois que j'allais dans leur restaurant du quartier du Mourillon, à Toulon, j'étais frappé par leur complicité. Des liens de sang. Ils n'ont pas résisté à l'embauche par Virgile d'un nouveau second, en cuisine. Un Apollon aux cils très longs, la trentaine musculeuse, trop beau pour être honnête.

« La salope, dit Virgile.
— Tu t'es demandé si elle avait des excuses ?
— Ah, non. Lesquelles, par exemple ?

— Elle était beaucoup plus jeune que toi.

— Et toi, tu peux parler, avec la tienne. »

Il est à cran. Il ne supporte pas la vérité ni l'ironie, à peine l'approbation. Pendant trois jours, je le console, le dorlote et le materne. Nous marchons, buvons et faisons la cuisine. Nous profitons. Lui, surtout.

Un jour, j'invite ma sœur à partager notre menu « courgette » :

« Beignets de fleur de courgette

Tartelettes aux courgettes, chèvre, pignons et roquette

Parmesane de courgettes aux aubergines

Pêches à la verveine et à la framboise sur leur lit de crème de courgette à la ricotta et à la cannelle. »

Alors que nous venons d'entamer la parmesane, la conversation tourne autour des femmes et nous commençons à nous lamenter sur nos malheurs.

« Vous n'avez eu que ce que vous méritiez, finit par s'écrier Florence. Vous n'avez qu'à arrêter vos conneries et vous reconvertir dans la femme mûre.

— Ce n'est pas si facile, dis-je.

— Tu n'as qu'à essayer.

— Je suis trop vieux pour ça. »

Elle me fusille du regard :

« Elles ne vous ont jamais dit, vos ex, que vous puiez la mort ?

— Non, protestons-nous d'une même voix.

— Eh bien, c'est qu'elles étaient toutes les deux trop polies. À votre âge, croyez-moi, on ne sent ni la rose ni le bébé. »

Quand Virgile repart, il va mieux. Il a toujours le visage marqué, mais un peu plus de vie dans le regard. Il ne fait plus pitié.

Deux semaines plus tard, il réapparaît avec un ami que vient de quitter sa femme, de vingt-cinq ans sa cadette. Un commissaire de police à la retraite avec beaucoup d'allure. Il s'appelle Patrick et répète toujours la même phrase, les yeux baissés :

« Elle me dit qu'elle n'a personne, mais je suis sûr qu'elle a quelqu'un.

— Si rien ne le prouve…

— Je le sens. Une femme ne couche jamais avec deux hommes en même temps. Or, avant qu'on se quitte, elle a refusé pendant six mois de faire l'amour avec moi. N'est-ce pas une preuve, ça ?

— Non, dis-je. Peut-être était-ce simplement au-dessus de ses forces. Et qu'elle commençait juste à se détacher de vous.

— Je refuse de penser qu'elle m'a quitté pour rien, pour le néant. Je préférerais qu'elle soit partie avec un autre. Ça me rassurerait, finalement.

— Il faudrait enquêter.

— J'ai fait travailler un ami détective. Il n'a rien trouvé. C'est ça qui me tue. »

Nicolas, mon ami journaliste littéraire, est venu nous rejoindre. Ayant aimé trop de gens pour ne pas devenir misanthrope, il est revenu de tout, mais avec panache, sans jamais perdre son humour. Il n'a plus personne au monde que ses trois filles, son ancienne épouse et puis les livres, car il est très cultivé. J'adore l'écouter parler.

Tous les quatre, nous avons fondé le CHQ, le Club des Hommes Quittés, et passé plus d'une semaine ensemble à Mérindol, jusqu'aux premiers jours de septembre, à ressasser nos souvenirs. Nous avons fait aussi quelques virées, notamment à Forcalquier où nous avons dîné, un soir, dans la pizzeria de Myriam, ma troisième épouse, en compagnie de Mehdi, notre fils. Je l'avais prévenue de notre visite. L'Autrichienne, comme je la surnommais, avait préparé pour nous son célèbre gâteau au pavot.

Avant de prendre congé, je lui ai glissé à l'oreille :

« Tu me manques.

— Toi aussi, tu me manques.

— Et alors ? »

Elle a secoué la tête.

« Je pensais que ça passerait, insistai-je.

— Il faut s'habituer : la mort des amours, c'est comme la mort des parents ou des amis, ça ne passe jamais. »

Quand les jours ont commencé à diminuer, le soleil à voler bas et le tambour des orages à retentir dans la montagne, mes amis du CHQ sont partis et je suis retourné à Paris où m'attendait ma carrière.

Le dernier soir de nos vacances, nous étions allés tous les quatre au concert que donnait Jonathan, le fils d'Anne-Élisabeth, au château de Lourmarin, avec son orchestre de chambre. Il a joué du Schubert et du Brahms. J'ai pleuré tout au long avant de sangloter dans ses bras quand je l'ai félicité.

Il pleurait aussi : souvent, la haine n'est que de l'amour qui n'ose pas dire son nom.

48

« Tout ce qui ne vous tue pas vous renforce. » Ce que me disait avec ses feuilles le cerisier du jardin de Mallemort dont je vous ai déjà parlé, je l'éprouve désormais dans tout mon être. Je dors encore moins qu'avant, et me réveille au petit matin démangé par l'envie de conquérir le monde, avec le sentiment stupide que rien ne pourra me résister.

N'était ce bouillonnement intérieur qui m'amène à entreprendre davantage encore de nouveaux romans que je ne finis pas, le cancer m'aura laissé dans un état finalement meilleur que celui où il m'a trouvé. Je me sens invincible, prêt à en découdre avec les gredins et les goinfres du nihilisme contemporain.

Sentimentalement, je suis parvenu à me recaser. Pardonnez-moi de me citer mais dans un de mes romans inachevés, *Le jour de grâce*, j'ai écrit ce qui résume, hélas, ma vie : « J'aime beaucoup les femmes, pourvu que ce ne soit pas toujours la même. » Cette fois, je me suis organisé pour mettre ma formule en pratique. Guéri de l'amour fusionnel, je mène deux histoires de conserve, l'une en Provence, l'autre à Paris, et ce n'est pas demain la veille que je me ferai prendre en flagrant délit de tromperie.

La première, Angèle, vit dans le Midi où nous nous retrouvons chaque fin de semaine. Une femme solide avec des yeux d'enfant, des bras puissants et une croupe de fermière. Un caractère. Elle met des robes orange, rouge cerise ou rose bonbon, et son sourire enjoué ne la quitte jamais, sauf quand elle pleure, comme moi, devant un film. Elle a vingt et un ans et fait une école de commerce.

Malgré les apparences, Angèle est d'une nature inquiète. Quand nous sommes ensemble, elle me demande plusieurs fois par jour si je l'aime en cherchant dans mes yeux des traces de mensonge ou de fourberie que je parviens, semble-t-il, à dissimuler, ce qui est nouveau chez moi.

Elle attend tout de moi. Trop : le mariage, les enfants, le bonheur à deux. Elle cherche aussi à s'incruster à Mérindol où elle laisse de plus en plus d'affaires. Sitôt qu'elle est partie, je les range dans des placards que je ferme à clé. Je n'aime pas l'idée qu'elle s'installe, mais je suis très épris.

Je le suis autant de Lisa, mon second amour, à Paris. À vingt-six ans, elle ne nourrit, elle, aucune illusion sur le genre humain en général ni sur l'espèce masculine en particulier. N'attendant pas grand-chose de moi ni de personne, au demeurant, elle ne me demande rien, à peine si je l'aime. Elle est comme moi avec Angèle. Elle ne s'engage pas trop, pour s'épargner de souffrir, le jour venu.

J'ai fini par lui faire avouer qu'elle avait quelqu'un dans sa vie. Un homme marié qui, comme moi, avait été son malade à l'Institut Curie. Un grand patron dont je tairai le nom, pas par discrétion, ce n'est pas mon genre, mais par égard pour elle. Je la partage, sans qu'il le sache, avec lui. Comme il est très occupé, il ne me fait pas vraiment d'ombre.

Si Angèle était la terre, Lisa serait le ciel. Elle a une grande culture et sa curiosité naturelle en repousse toujours les limites. C'est pourquoi il me semble que je reçois d'elle bien plus que je ne lui donne. Elle s'intéresse beaucoup à mon œuvre, comme dirait l'ami dont je parlais au début du livre, qui vient d'être élu à l'Académie française.

Chaque fois que je croise mon visage dans un miroir, je me demande ce qu'Angèle et Lisa peuvent bien me trouver. Je ne m'arrange pas. Si ma carrière est repartie, du moins en apparence, on ne peut en dire autant de ma carcasse. Elle est en train de me lâcher. Vieillir est un supplice quand on est resté jeune. C'est aussi une bouffonnerie, pour reprendre un mot que ma sœur utilise souvent quand elle parle de mes amours.

Michel Tournier, à qui je rends de plus en plus souvent visite, dans son presbytère de la vallée de Chevreuse, m'a dit un jour : « Nous autres, humains, avons, comme les fruits, deux façons de vieillir. Soit on pourrit. Soit on se dessèche. » Moi, je pourris et me dessèche en même temps.

49

Du dernier bien avec le président de la République, mon ami Alain m'a fait un petit cadeau pour mon anniversaire. J'ai été fait chevalier de la Légion d'honneur dans le contingent du ministère de la Culture, et c'est le chef de l'État en personne qui m'a remis les insignes, dans le salon Murat de l'Élysée, devant un parterre d'invités dont trois de mes ex, Béatrice, Myriam et Anne-Élisabeth, ma sœur et mon frère, mais aucun de mes enfants qui auraient pris, je crois, la chose trop à la farce.

Je me sens piégé dans une rafle. Nous sommes cinq à attendre d'être décorés et je suis l'avant-dernier à passer. Sous les lambris règne une atmosphère mortifère. Non seulement parce qu'il y a, parmi les heureux élus, deux vieillards qui tiennent à peine debout, une chanteuse et un banquier, mais aussi parce qu'une cérémonie de ce genre, c'est toujours un enterrement de son vivant : on vient entendre son propre éloge funèbre. Quand on a le droit de répondre, ce qui n'est pas le cas lorsque le président vous remet le hochet de ses propres mains, on peut, de surcroît, se donner soi-même l'absoute. J'y penserai pour ma prochaine médaille.

Quand vient mon tour, je sens, à son regard, que le chef de l'État me déteste. Il ne parvient même pas à réprimer une grimace affreuse, comme s'il avait un mauvais goût dans la bouche. Je le comprends. Il sait bien qu'avec les types de mon espèce, toujours prêts à mordre la main qui les nourrit ou les décore, il n'a rien à attendre en retour. Il perd son temps.

Pas moi. Je savoure ce moment.

Au début de son discours, le président utilise à mon sujet une expression que lui a probablement glissée Alain. Il dit que j'ai « faim du monde ». C'est vrai. Depuis mon cancer encore plus : rien ne me satisfait ni me rassasie jamais. J'ai un vide dans la tête et un creux dans le ventre, qu'il faut que je comble. Dans mon travail, dans ma vie, je n'ai cessé d'engloutir, de déglutir et de digérer, mais sans assimiler vraiment, je dois en convenir. Même si je me prétends écrivain, je reste journaliste, c'est-à-dire du flux de ventre, un goulot de passage, qui évacue aussitôt ce qu'il vient d'avaler.

Quand le président énumère mes qualités, je crois d'abord qu'il se moque de moi. En réalité, il feint d'être impressionné par le bouffon que je suis, même si, comme tous les professionnels de la chose politique, il a des yeux où on lit toujours la même question : « À quoi pourra-t-il bien me servir, celui-là ? » Et il m'a percé : je ne suis qu'une imposture qui a réussi. Autrement dit, un homme de médias, chroniqueur télévisuel, directeur d'un site littéraire, cancaneur, blogueur et conférencier. Un emberlificoteur. Comme je suis, en plus, ingrat, imprévisible et irresponsable, il sait bien que cette décoration ne lui rapportera rien. Je mesure son amitié pour Alain qui, au premier rang des invités, porte sur ma personne un regard maternel en lissant sa moustache, pendant que l'autre dévide son chapelet d'éloges.

Mon prétendu « courage », célébré par le chef de l'État d'une voix vibrante, j'ai beau tendre l'oreille, je ne l'entends jamais, ce qui, à ma connaissance, ne fut pas le cas de mon père ni de mon grand-père : chacun a fait sa guerre mondiale, au front, avant d'en revenir avec les honneurs, blessé de l'intérieur, mais sans rosette à la boutonnière.

Quand le chef de l'État évoque mon sens de la « fidélité », j'étouffe de rire en mon for intérieur. Même si ce n'est pas vrai en Provence, à Paris en tout cas, je n'ai que celle de mes intérêts, et encore, quand je parviens à les définir. Lorsqu'il salue ma « fabuleuse érudition », j'aurais eu honte en pensant à quelques universitaires de mes amis si une chose épouvantable n'était survenue : soudain, je suis débordé par la brusque et puissante envie d'uriner, qui montait depuis le début de la cérémonie.

J'essaie de la contenir en serrant les dents, mais je sens mon caleçon se mouiller, tandis qu'un mince filet ruisselle le long de ma jambe droite. Je pâlis et toussote. Apparemment, personne n'a rien vu.

On dirait que j'ai un poignard qui me fouille le bas-ventre. Il finit, soudain, par me transpercer et l'urine coule à flots sur le bleu clair du tapis de la République qui se couvre de rosaces bleu marine. Je souris comme un imbécile en espérant que la catastrophe passera inaperçue.

Impossible. Le chef de l'État regarde le tapis avec un air dégoûté et Lisa arrive à mon secours, rejointe par Béatrice et Myriam, soucieuses d'afficher que je leur appartiens un peu aussi. Anne-Élisabeth reste en retrait, avec une moue gênée, comme devant toutes les manifestations de notre animalité.

Mes trois femmes se pressent contre moi, pleines de commisération, comme si j'étais un moribond. Je les écarte et me dirige vers le chef de l'État :

« Excusez-moi, monsieur le Président. L'émotion.

— Vous avez une drôle de façon de l'exprimer. »

La cérémonie s'achève un peu plus loin, tandis que le personnel de l'Élysée retire le tapis, avec l'indifférence de la compétence. C'est ce qui rend si rassurant le char de l'État : rien ne l'ébranle jamais.

Le président ne semble pas plus affecté que le personnel quand il prononce les paroles attendues avec la solennité requise :

« Antoine Bradsock, au nom de la République française, je vous fais chevalier de la Légion d'honneur. »

C'est là que je suis pris d'un fou rire qui finit de gâcher la fête. Le président me jette un regard assassin, puis accroche la décoration pendant que je me tortille devant lui, les yeux rougis, les paupières gonflées et la bave aux lèvres, avec les symptômes du lapin frappé par la myxomatose.

Sa tâche terminée, il me salue et tourne les talons sans un mot, me laissant à mes contorsions, preuve que tout passe en haut lieu, hors les fous rires : ce n'est pas demain la veille que je serai fait officier, le grade au-dessus, comme le notera plus tard Alain avec un demi-sourire en caressant sa moustache poivre et sel qu'il ne laisse jamais tranquille. Il ne m'en a même pas voulu. Les anges gardiens pardonnent tout.

Dans le silence des consternations générales, ma sœur s'approche et me glisse à l'oreille :

« Tu devrais aller te rincer le visage à l'eau froide. »

Je m'exécute. Dans le lavabo des toilettes, je me regarde dans le miroir, exercice que je ne peux plus supporter. Je fais désormais partie de ceux qui s'échinent à ne jamais se voir, même quand ils se rasent, pour le bonheur de quelques bouts de barbe qui poussent sous les mâchoires, près des oreilles, signe distinctif de tous les vieux avant qu'ils commencent à s'oublier. En examinant mon visage de déterré, je me dis que j'ai raison de m'éviter.

Après m'être aspergé d'eau, je m'essuie avec une rage rétrospective. Mon téléphone annonce un S.M.S. d'Anne-Élisabeth. Je le lis :

« Antoine, dis-moi ce que tu veux, je le ferai. Sache que je suis là et que je le serai toujours. »

Mes yeux s'embuent et je me passe à nouveau le visage sous l'eau.

Quand je sors des toilettes, Béatrice me prend à part, les sourcils froncés :

« Ton corps vient de t'envoyer un message. Il faut que tu te soignes, Antoine.

— Mais je me porte comme un charme.

— Je crois que tu devrais admettre que tu n'as plus vingt ans et voir un psy.

— Moi ? Un psy ? J'ai tellement de choses à faire, Béatrice.

— Tu t'éparpilles, tu cours après tes morceaux.

— Non, je vis.

— Tu me fais peur. »

Il me semble que ses yeux rougissent, mais je ne le jurerais pas. Mon ex n'a pas la larme facile. Sauf quand elle rit.

50

J'ai fini par rencontrer la sérénité. Dans un train pour Paris. Elle s'est assise en face de moi et nous avons commencé à parler. À l'heure qu'il est, nous continuons encore.

On se connaissait déjà. Quelques semaines plus tôt, des amis marseillais avaient joué les entremetteurs et tenté de nous apparier, mais leur complot s'était soldé par un fiasco. J'étais venu seul au dîner et lui avais outrageusement fait la cour avant de lui proposer de la raccompagner. Ma réputation l'avait inclinée à refuser en prétextant, ce qui n'était pas faux, qu'elle habitait à deux pas.

Mon aimée est bibliothécaire à Marseille et milite dans une association pour la réinsertion de détenus, plus engagée que celle où j'ai œuvré naguère. Même si j'ai quelques années de plus qu'elle, il n'y a pas de différence d'âge entre nous. Elle m'a déjà beaucoup appris. Les parfums, la mer, l'Arménie et bien d'autres choses.

Olivier, un pêcheur de mes amis, que j'ai perdu de vue, prétendait qu'il y a deux types de femmes. Celles pour qui on est prêt à mourir et celles avec qui on veut vivre. Le drame, disait-il, c'est que ce ne sont jamais les mêmes.

Celle-là, c'est les deux en une.

Je tremble à l'idée que j'aurais pu passer à côté d'elle. Il est vrai qu'avec elle je tremble sans cesse. D'amour, de félicité, de bonheur. Souvent, il me semble que j'ai dix ans, pas plus. Ceux que l'amour n'a pas ramenés en enfance n'ont jamais connu l'amour. Plus il est grand, plus il nous rajeunit. Le mien m'infantilise.

Je ne me plains pas. Le sien l'infantilise aussi, de sorte que nous sommes assortis. Nos conversations tiennent souvent plus du babillage que du minaudage. Il me semble pourtant que nous sommes un vieux couple qui a survécu à toutes les tempêtes. J'ai le sentiment de la connaître depuis toujours et, la première fois que nous avons roulé l'un dans l'autre, j'aurais même juré qu'elle venait de sortir d'un rêve auquel je ne croyais plus.

Si je l'ai aimée au premier regard, c'est sans doute parce que son visage m'était familier et que je pensais l'avoir fréquentée auparavant, dans mes vies antérieures. Bien qu'elle aime jouer les petites filles soumises, elle est mon égale en toutes circonstances. J'aurais écrit qu'elle m'est supérieure si je n'avais craint qu'on ne m'accuse de fausse modestie. Je l'aurais écrit parce qu'elle est moins folle et insensée que moi, qui descend rarement des nuages où l'exaltation l'a transportée. Mon aimée est le genre de femme que rien n'arrêtera, sauf la mort. S'il fallait aller à la guerre, j'irais avec elle. Je suis sûr que j'en reviendrais vivant. Les cheveux frisés et coiffés à la diable, le regard triste mais la bouche joyeuse, elle avance toujours derrière un rire ou des gloussements. Je suis décidé à la mener ou à la suivre, ce sera selon, au gré des jours, en m'arrêtant de temps en temps pour lui dresser des autels où je célébrerai son culte. Je serai son enfant de chœur. De cœur aussi, pardonnez-moi.

Le jour de notre rencontre fut aussi celui de ma déclaration. C'était à la gare de Lyon, à Paris. Nous venions de descendre du train. Elle était sortie la première et m'attendait avec un sourire entendu. Quand je suis arrivé à mon tour sur le quai, j'ai eu un mouvement de surprise tant j'ai été pris de court quand elle a jeté ses lèvres sur les miennes. Quelque chose bouillonna en moi, quelque chose de si grand que les jours de ma vie ne pourront suffire à l'épuiser.

Alors, je lui ai dit que je l'aimerais éternellement et nous sommes allés brûler un cierge à Notre-Dame de Paris, comme pour nous mettre sous la protection de Dieu. Je retourne de temps en temps à la cathédrale pour le remercier. Je m'y sens bien ; elle est comme un hall de gare, avec beaucoup de passage. Le bruit des pas s'y mélange à celui des prières.

S'il y est pour quelque chose, le Très-Haut ne s'est pas moqué de moi. Qu'importe ma dégringolade d'il y a quelques mois si c'était pour me retrouver au ciel, plus haut que je ne l'ai jamais été, dans les bras de la vraie femme de ma vie, confiante et affolée, et où j'entends demeurer pour le restant de mes jours.

« L'amour, dit un personnage d'un de mes romans [1], ça recommence tout le temps. Ce sont des allumettes qu'on n'arrête pas de gratter... Jusqu'à la dernière. » Moi, désormais, je gratte toujours la même allumette et, chaque jour, il me semble que la couleur de la flamme a changé.

De même que nous marchons sur le terreau pourrissant de nos ancêtres, nous piétinons allègrement nos passions éteintes que nous entassons les unes sur les autres. Le très grand amour est éphémère mais les ruines sont éternelles. Enfin, presque. Des années après, il n'en reste plus grand-chose. Quelques décombres rongés par le temps, de la nostalgie et des souvenirs qui s'effacent. Surtout quand on a rencontré l'amour vrai.

À ce propos, c'est le titre du roman que je compte entamer dans les prochains jours et qui sera la suite de celui dont vous êtes en train de lire les dernières lignes : s'il trouve un éditeur, ce qui est plus que probable, vu ma notoriété,

---

1. *La nuit d'Oppède.*

L'amour vrai sera mon quarante-troisième livre publié. Au poids, une œuvre aussi grosse, ça vous pose quand même un peu, avis à mes détracteurs.

J'ai déjà la première phrase : « On n'a jamais qu'une vie, une mort et un amour vrai. » Ce ne sera, comme ce roman-là, que du vécu, mais apaisé, puisque je le suis maintenant. J'ai enfin réussi à mettre de l'ordre dans ma tête. Je l'ai vidée, nettoyée, récurée. J'ai fait sur moi un travail de femme de ménage.

J'ai un regret : je vois moins souvent mes deux derniers enfants, Maria et Alessandra. Leur mère les a emmenées, avec la chatte et les chèvres, en Italie où elle est retournée vivre. Elles habitent Voghera, non loin de Milan, où je vais les retrouver de temps en temps.

Toujours belle, douce et digne, Isabella n'a pas refait sa vie et garde ses airs de femme idéale, mais ce sera pour quelqu'un d'autre, puisque nous nous sommes ratés. Elle a terminé un livre de huit cents pages sur la philosophie d'Albert Camus, intitulé *Traité de l'absurde*, qu'elle vient de rendre à son éditeur. J'ai hâte de le lire. Elle n'a pas encore répondu à mes deux cent sept lettres d'amour mais, bon, on se comprend. Encore une saison ou deux et elle deviendra ma meilleure amie. Au même titre que ma sœur, ma fille aînée, Béatrice, Myriam ou Anne-Élisabeth.

Quand je me regarde, je me demande ce qui pouvait lui plaire chez moi. J'ai la même interrogation à propos de mon amour vrai qui m'a fait devenir quelqu'un d'autre, ce que j'ai toujours été, en vérité.

L'âge venant, je ne me suis pas arrangé. Même si le cancer est sorti de ma tête, il se rappelle à moi chaque fois que je cours aux toilettes, le pantalon humide. Si serein que je sois en mon for intérieur, j'ai toujours l'air de sortir d'une caverne, dévoré par les puces et les punaises, le teint blême, avec de grandes orbites d'insomniaque. Bien que je me sente moins ridicule, je reste, en définitive, un personnage assez risible, comme l'atteste ma dernière activité, depuis que j'ai été écarté de la télévision, pour la seconde fois : conférencier sur l'amour dans des croisières en Méditerranée ou dans les Caraïbes.

En même temps, je ne me reconnais plus. Tout resplendit en moi et je ne me lasse pas de contempler mon aimée, mes enfants, le ciel, la terre, la mer, les plantes, les bêtes et les gens dans leur infinité, jusqu'à plus d'heure, à fond dans cette « modestie de la volupté » dont parle Nietzsche à propos d'Épicure.

Je me suis enfin trouvé, alors qu'il est presque trop tard : c'est juste quand on a appris à vivre qu'arrivent à maturité les arbres qui feront nos cercueils.

Je viens de comprendre ce que j'étais venu faire en ce monde. Je suis un grand frisson qui va, fier et heureux d'avoir découvert l'amour vrai.

DU MÊME AUTEUR

Aux Éditions Gallimard

LE VIEIL HOMME ET LA MORT, 1996 (Folio n° 2972).

MORT D'UN BERGER, 2002 (Folio n° 3978).

L'ABATTEUR, 2003 (« La Noire »; Folio policier n° 410).

L'AMÉRICAIN, 2004 (Folio n° 4343).

LE HUITIÈME PROPHÈTE ou *Les aventures extraordinaires d'Amros le Celte*, 2008 (Folio n° 4985).

UN TRÈS GRAND AMOUR, 2010 (Folio n° 5221).

Aux Éditions Grasset

L'AFFREUX, 1992. Grand Prix du roman de l'Académie française (Folio n° 4753).

LA SOUILLE, 1995. Prix Interallié (Folio n° 4682).

LE SIEUR DIEU, 1998 (Folio n° 4527).

Aux Éditions du Seuil

FRANÇOIS MITTERRAND OU LA TENTATION DE L'HISTOIRE, 1977.

MONSIEUR ADRIEN, 1982.

JACQUES CHIRAC, 1987.

LE PRÉSIDENT, 1990.

LA FIN D'UNE ÉPOQUE, 1993 (Fayard-Seuil).

FRANÇOIS MITTERRAND, UNE VIE, 1996.

Aux Éditions Flammarion

LA TRAGÉDIE DU PRÉSIDENT, 2006.

L'IMMORTEL, 22 balles pour un seul homme, 2007. Grand Prix littéraire de Provence.

LE LESSIVEUR, 2009.

Aux Éditions J'ai Lu

LE JOUR DE GLOIRE EST ARRIVÉ, avec Éric Jourdan, 2007.

COLLECTION FOLIO

Dernières parutions

4903. Dan O'Brien — *Les bisons de Broken Heart.*
4904. Grégoire Polet — *Leurs vies éclatantes.*
4905. Jean-Christophe Rufin — *Un léopard sur le garrot.*
4906. Gilbert Sinoué — *La Dame à la lampe.*
4907. Nathacha Appanah — *La noce d'Anna.*
4908. Joyce Carol Oates — *Sexy.*
4909. Nicolas Fargues — *Beau rôle.*
4910. Jane Austen — *Le Cœur et la Raison.*
4911. Karen Blixen — *Saison à Copenhague.*
4912. Julio Cortázar — *La porte condamnée* et autres nouvelles fantastiques.
4913. Mircea Eliade — *Incognito à Buchenwald...* précédé d'*Adieu!...*
4914. Romain Gary — *Les trésors de la mer Rouge.*
4915. Aldous Huxley — *Le jeune Archimède* précédé de *Les Claxton.*
4916. Régis Jauffret — *Ce que c'est que l'amour* et autres microfictions.
4917. Joseph Kessel — *Une balle perdue.*
4918. Lie-tseu — *Sur le destin* et autres textes.
4919. Junichirô Tanizaki — *Le pont flottant des songes.*
4920. Oscar Wilde — *Le portrait de Mr. W. H.*
4921. Vassilis Alexakis — *Ap. J.-C.*
4922. Alessandro Baricco — *Cette histoire-là.*
4923. Tahar Ben Jelloun — *Sur ma mère.*
4924. Antoni Casas Ros — *Le théorème d'Almodóvar.*
4925. Guy Goffette — *L'autre Verlaine.*
4926. Céline Minard — *Le dernier monde.*
4927. Kate O'Riordan — *Le garçon dans la lune.*
4928. Yves Pagès — *Le soi-disant.*
4929. Judith Perrignon — *C'était mon frère...*

4930.	Danièle Sallenave	*Castor de guerre*
4931.	Kazuo Ishiguro	*La lumière pâle sur les collines.*
4932.	Lian Hearn	*Le Fil du destin. Le Clan des Otori.*
4933.	Martin Amis	*London Fields.*
4934.	Jules Verne	*Le Tour du monde en quatre-vingts jours.*
4935.	Harry Crews	*Des mules et des hommes.*
4936.	René Belletto	*Créature.*
4937.	Benoît Duteurtre	*Les malentendus.*
4938.	Patrick Lapeyre	*Ludo et compagnie.*
4939.	Muriel Barbery	*L'élégance du hérisson.*
4940.	Melvin Burgess	*Junk.*
4941.	Vincent Delecroix	*Ce qui est perdu.*
4942.	Philippe Delerm	*Maintenant, foutez-moi la paix!*
4943.	Alain-Fournier	*Le grand Meaulnes.*
4944.	Jerôme Garcin	*Son excellence, monsieur mon ami.*
4945.	Marie-Hélène Lafon	*Les derniers Indiens.*
4946.	Claire Messud	*Les enfants de l'empereur*
4947.	Amos Oz	*Vie et mort en quatre rimes*
4948.	Daniel Rondeau	*Carthage*
4949.	Salman Rushdie	*Le dernier soupir du Maure*
4950.	Boualem Sansal	*Le village de l'Allemand*
4951.	Lee Seung-U	*La vie rêvée des plantes*
4952.	Alexandre Dumas	*La Reine Margot*
4953.	Eva Almassy	*Petit éloge des petites filles*
4954.	Franz Bartelt	*Petit éloge de la vie de tous les jours*
4955.	Roger Caillois	*Noé* et autres textes
4956.	Casanova	*Madame F.* suivi d'*Henriette*
4957.	Henry James	*De Grey, histoire romantique*
4958.	Patrick Kéchichian	*Petit éloge du catholicisme*
4959.	Michel Lermontov	*La Princesse Ligovskoï*
4960.	Pierre Péju	*L'idiot de Shangai et autres nouvelles*
4961.	Brina Svit	*Petit éloge de la rupture*
4962.	John Updike	*Publicité*

4963. Noëlle Revaz — *Rapport aux bêtes*
4964. Dominique Barbéris — *Quelque chose à cacher*
4965. Tonino Benacquista — *Malavita encore*
4966. John Cheever — *Falconer*
4967. Gérard de Cortanze — *Cyclone*
4968. Régis Debray — *Un candide en Terre sainte*
4969. Penelope Fitzgerald — *Début de printemps*
4970. René Frégni — *Tu tomberas avec la nuit*
4971. Régis Jauffret — *Stricte intimité*
4972. Alona Kimhi — *Moi, Anastasia*
4973. Richard Millet — *L'Orient désert*
4974. José Luís Peixoto — *Le cimetière de pianos*
4975. Michel Quint — *Une ombre, sans doute*
4976. Fédor Dostoïevski — *Le Songe d'un homme ridicule et autres récits*
4977. Roberto Saviano — *Gomorra*
4978. Chuck Palahniuk — *Le Festival de la couille*
4979. Martin Amis — *La Maison des Rencontres*
4980. Antoine Bello — *Les funambules*
4981. Maryse Condé — *Les belles ténébreuses*
4982. Didier Daeninckx — *Camarades de classe*
4983. Patrick Declerck — *Socrate dans la nuit*
4984. André Gide — *Retour de l'U.R.S.S.*
4985. Franz-Olivier Giesbert — *Le huitième prophète*
4986. Kazuo Ishiguro — *Quand nous étions orphelins*
4987. Pierre Magnan — *Chronique d'un château hanté*
4988. Arto Paasilinna — *Le cantique de l'apocalypse joyeuse*
4989. H.M. van den Brink — *Sur l'eau*
4990. George Eliot — *Daniel Deronda, 1*
4991. George Eliot — *Daniel Deronda, 2*
4992. Jean Giono — *J'ai ce que j'ai donné*
4993. Édouard Levé — *Suicide*
4994. Pascale Roze — *Itsik*
4995. Philippe Sollers — *Guerres secrètes*
4996. Vladimir Nabokov — *L'exploit*
4997. Salim Bachi — *Le silence de Mahomet*

4998.	Albert Camus	*La mort heureuse*
4999.	John Cheever	*Déjeuner de famille*
5000.	Annie Ernaux	*Les années*
5001.	David Foenkinos	*Nos séparations*
5002.	Tristan Garcia	*La meilleure part des hommes*
5003.	Valentine Goby	*Qui touche à mon corps je le tue*
5004.	Rawi Hage	*De Niro's Game*
5005.	Pierre Jourde	*Le Tibet sans peine*
5006.	Javier Marías	*Demain dans la bataille pense à moi*
5007.	Ian McEwan	*Sur la plage de Chesil*
5008.	Gisèle Pineau	*Morne Câpresse*
5009.	Charles Dickens	*David Copperfield*
5010.	Anonyme	*Le Petit-Fils d'Hercule*
5011.	Marcel Aymé	*La bonne peinture*
5012.	Mikhaïl Boulgakov	*J'ai tué*
5013.	Arthur Conan Doyle	*L'interprète grec et autres aventures de Sherlock Holmes*
5014.	Frank Conroy	*Le cas mystérieux de R.*
5015.	Arthur Conan Doyle	*Une affaire d'identité et autres aventures de Sherlock Holmes*
5016.	Cesare Pavese	*Histoire secrète*
5017.	Graham Swift	*Le sérail*
5018.	Rabindranath Tagore	*Aux bords du Gange*
5019.	Émile Zola	*Pour une nuit d'amour*
5020.	Pierric Bailly	*Polichinelle*
5022.	Alma Brami	*Sans elle*
5023.	Catherine Cusset	*Un brillant avenir*
5024.	Didier Daeninckx	*Les figurants. Cités perdues*
5025.	Alicia Drake	*Beautiful People. Saint Laurent, Lagerfeld : splendeurs et misères de la mode*
5026.	Sylvie Germain	*Les Personnages*
5027.	Denis Podalydès	*Voix off*
5028.	Manuel Rivas	*L'Éclat dans l'Abîme*
5029.	Salman Rushdie	*Les enfants de minuit*
5030.	Salman Rushdie	*L'Enchanteresse de Florence*

5031.	Bernhard Schlink	*Le week-end*
5032.	Collectif	*Écrivains fin-de-siècle*
5033.	Dermot Bolger	*Toute la famille sur la jetée du Paradis*
5034.	Nina Bouraoui	*Appelez-moi par mon prénom*
5035.	Yasmine Char	*La main de Dieu*
5036.	Jean-Baptiste Del Amo	*Une éducation libertine*
5037.	Benoît Duteurtre	*Les pieds dans l'eau*
5038.	Paula Fox	*Parure d'emprunt*
5039.	Kazuo Ishiguro	*L'inconsolé*
5040.	Kazuo Ishiguro	*Les vestiges du jour*
5041.	Alain Jaubert	*Une nuit à Pompéi*
5042.	Marie Nimier	*Les inséparables*
5043.	Atiq Rahimi	*Syngué sabour. Pierre de patience*
5044.	Atiq Rahimi	*Terre et cendres*
5045.	Lewis Carroll	*La chasse au Snark*
5046.	Joseph Conrad	*La Ligne d'ombre*
5047.	Martin Amis	*La flèche du temps*
5048.	Stéphane Audeguy	*Nous autres*
5049.	Roberto Bolaño	*Les détectives sauvages*
5050.	Jonathan Coe	*La pluie, avant qu'elle tombe*
5051.	Gérard de Cortanze	*Les vice-rois*
5052.	Maylis de Kerangal	*Corniche Kennedy*
5053.	J.M.G. Le Clézio	*Ritournelle de la faim*
5054.	Dominique Mainard	*Pour Vous*
5055.	Morten Ramsland	*Tête de chien*
5056.	Jean Rouaud	*La femme promise*
5057.	Philippe Le Guillou	*Stèles à de Gaulle* suivi de *Je regarde passer les chimères*
5058.	Sempé-Goscinny	*Les bêtises du Petit Nicolas. Histoires inédites - 1*
5059.	Érasme	*Éloge de la Folie*
5060.	Anonyme	*L'œil du serpent. Contes folkloriques japonais*
5061.	Federico García Lorca	*Romancero gitan*
5062.	Ray Bradbury	*Le meilleur des mondes possibles* et autres nouvelles
5063.	Honoré de Balzac	*La Fausse Maîtresse*

5064.	Madame Roland	*Enfance*
5065.	Jean-Jacques Rousseau	*« En méditant sur les dispositions de mon âme... »*
5066.	Comtesse de Ségur	*Ourson*
5067.	Marguerite de Valois	*Mémoires*
5068.	Madame de Villeneuve	*La Belle et la Bête*
5069.	Louise de Vilmorin	*Sainte-Unefois*
5070.	Julian Barnes	*Rien à craindre*
5071.	Rick Bass	*Winter*
5072.	Alan Bennett	*La Reine des lectrices*
5073.	Blaise Cendrars	*Le Brésil. Des hommes sont venus*
5074.	Laurence Cossé	*Au Bon Roman*
5075.	Philippe Djian	*Impardonnables*
5076.	Tarquin Hall	*Salaam London*
5077.	Katherine Mosby	*Sous le charme de Lillian Dawes Rauno Rämekorpi*
5078.	Arto Paasilinna	*Les dix femmes de l'industriel*
5079.	Charles Baudelaire	*Le Spleen de Paris*
5080.	Jean Rolin	*Un chien mort après lui*
5081.	Colin Thubron	*L'ombre de la route de la Soie*
5082.	Stendhal	*Journal*
5083.	Victor Hugo	*Les Contemplations*
5084.	Paul Verlaine	*Poèmes saturniens*
5085.	Pierre Assouline	*Les invités*
5086.	Tahar Ben Jelloun	*Lettre à Delacroix*
5087.	Olivier Bleys	*Le colonel désaccordé*
5088.	John Cheever	*Le ver dans la pomme*
5089.	Frédéric Ciriez	*Des néons sous la mer*
5090.	Pietro Citati	*La mort du papillon. Zelda et Francis Scott Fitzgerald*
5091.	Bob Dylan	*Chroniques*
5092.	Philippe Labro	*Les gens*
5093.	Chimamanda Ngozi Adichie	*L'autre moitié du soleil*
5094.	Salman Rushdie	*Haroun et la mer des histoires*
5095.	Julie Wolkenstein	*L'Excuse*

5096.	Antonio Tabucchi	*Pereira prétend*
5097.	Nadine Gordimer	*Beethoven avait un seizième de sang noir*
5098.	Alfred Döblin	*Berlin Alexanderplatz*
5099.	Jules Verne	*L'Île mystérieuse*
5100.	Jean Daniel	*Les miens*
5101.	Shakespeare	*Macbeth*
5102.	Anne Bragance	*Passe un ange noir*
5103.	Raphaël Confiant	*L'Allée des Soupirs*
5104.	Abdellatif Laâbi	*Le fond de la jarre*
5105.	Lucien Suel	*Mort d'un jardinier*
5106.	Antoine Bello	*Les éclaireurs*
5107.	Didier Daeninckx	*Histoire et faux-semblants*
5108.	Marc Dugain	*En bas, les nuages*
5109.	Tristan Egolf	*Kornwolf. Le Démon de Blue Ball*
5110.	Mathias Énard	*Bréviaire des artificiers*
5111.	Carlos Fuentes	*Le bonheur des familles*
5112.	Denis Grozdanovitch	*L'art difficile de ne presque rien faire*
5113.	Claude Lanzmann	*Le lièvre de Patagonie*
5114.	Michèle Lesbre	*Sur le sable*
5115.	Sempé	*Multiples intentions*
5116.	R. Goscinny/Sempé	*Le Petit Nicolas voyage*
5117.	Hunter S. Thompson	*Las Vegas parano*
5118.	Hunter S. Thompson	*Rhum express*
5119.	Chantal Thomas	*La vie réelle des petites filles*
5120.	Hans Christian Andersen	*La Vierge des glaces*
5121.	Paul Bowles	*L'éducation de Malika*
5122.	Collectif	*Au pied du sapin*
5123.	Vincent Delecroix	*Petit éloge de l'ironie*
5124.	Philip K. Dick	*Petit déjeuner au crépuscule*
5125.	Jean-Baptiste Gendarme	*Petit éloge des voisins*
5126.	Bertrand Leclair	*Petit éloge de la paternité*
5127.	Musset-Sand	*« Ô mon George, ma belle maîtresse... »*
5128.	Grégoire Polet	*Petit éloge de la gourmandise*
5129.	Paul Verlaine	*Histoires comme ça*
5130.	Collectif	*Nouvelles du Moyen Âge*

5131.	Emmanuel Carrère	*D'autres vies que la mienne*
5132.	Raphaël Confiant	*L'Hôtel du Bon Plaisir*
5133.	Éric Fottorino	*L'homme qui m'aimait tout bas*
5134.	Jérôme Garcin	*Les livres ont un visage*
5135.	Jean Genet	*L'ennemi déclaré*
5136.	Curzio Malaparte	*Le compagnon de voyage*
5137.	Mona Ozouf	*Composition française*
5138.	Orhan Pamuk	*La maison du silence*
5139.	J.-B. Pontalis	*Le songe de Monomotapa*
5140.	Shûsaku Endô	*Silence*
5141.	Alexandra Strauss	*Les démons de Jérôme Bosch*
5142.	Sylvain Tesson	*Une vie à coucher dehors*
5143.	Zoé Valdés	*Danse avec la vie*
5144.	François Begaudeau	*Vers la douceur*
5145.	Tahar Ben Jelloun	*Au pays*
5146.	Dario Franceschini	*Dans les veines ce fleuve d'argent*
5147.	Diego Gary	*S. ou L'espérance de vie*
5148.	Régis Jauffret	*Lacrimosa*
5149.	Jean-Marie Laclavetine	*Nous voilà*
5150.	Richard Millet	*La confession négative*
5151.	Vladimir Nabokov	*Brisure à senestre*
5152.	Irène Némirovsky	*Les vierges et autres nouvelles*
5153.	Michel Quint	*Les joyeuses*
5154.	Antonio Tabucchi	*Le temps vieillit vite*
5155.	John Cheever	*On dirait vraiment le paradis*
5156.	Alain Finkielkraut	*Un cœur intelligent*
5157.	Cervantès	*Don Quichotte I*
5158.	Cervantès	*Don Quichotte II*
5159.	Baltasar Gracian	*L'Homme de cour*
5160.	Patrick Chamoiseau	*Les neuf consciences du Malfini*
5161.	François Nourissier	*Eau de feu*
5162.	Salman Rushdie	*Furie*
5163.	Ryûnosuke Akutagawa	*La vie d'un idiot*
5164.	Anonyme	*Saga d'Eiríkr le Rouge*
5165.	Antoine Bello	*Go Ganymède !*
5166.	Adelbert von Chamisso	*L'étrange histoire de Peter Schlemihl*

5167. Collectif — *L'art du baiser*
5168. Guy Goffette — *Les derniers planteurs de fumée*
5169. H.P. Lovecraft — *L'horreur de Dunwich*
5170. Tolstoï — *Le Diable*
5171. J.G. Ballard — *La vie et rien d'autre*
5172. Sebastian Barry — *Le testament caché*
5173. Blaise Cendrars — *Dan Yack*
5174. Philippe Delerm — *Quelque chose en lui de Bartleby*
5175. Dave Eggers — *Le grand Quoi*
5176. Jean-Louis Ezine — *Les taiseux*
5177. David Foenkinos — *La délicatesse*
5178. Yannick Haenel — *Jan Karski*
5179. Carol Ann Lee — *La rafale des tambours*
5180. Grégoire Polet — *Chucho*
5181. J.-H. Rosny Aîné — *La guerre du feu*
5182. Philippe Sollers — *Les Voyageurs du Temps*
5183. Stendhal — *Aux âmes sensibles* (À paraître)
5184. Dumas — *La main droite du sire de Giac* et autres nouvelles
5185. Wharton — *Le Miroir* suivi *de Miss Mary Parks*
5186. Antoine Audouard — *L'Arabe*
5187. Gerbrand Bakker — *Là-haut, tout est calme*
5188. David Boratav — *Murmures à Beyoğlu*
5189. Bernard Chapuis — *Le rêve entouré d'eau*
5190. Robert Cohen — *Ici et maintenant*
5191. Ananda Devi — *Le sari vert*
5192. Pierre Dubois — *Comptines assassines*
5193. Pierre Michon — *Les Onze*
5194. Orhan Pamuk — *D'autres couleurs*
5195. Noëlle Revaz — *Efina*
5196. Salman Rushdie — *La terre sous ses pieds*
5197. Anne Wiazemsky — *Mon enfant de Berlin*
5198. Martin Winckler — *Le Chœur des femmes*
5199. Marie NDiaye — *Trois femmes puissantes*

*Composition Floch
Impression Maury-Imprimeur
45330 Malesherbes
le 15 mars 2011.
Dépôt légal : mars 2011.
Numéro d'imprimeur : 163075.*

ISBN 978-2-07-044057-3. / Imprimé en France.

178835